倡导诗意健康人生　为诗的纯粹而努力

中国诗歌
CHINESE POETRY

2019年度诗人作品选

主编○阎志

人民文学出版社
PEOPLE'S LITERATURE PUBLISHING HOUSE

图书在版编目（CIP）数据

2019年度诗人作品选/王学芯等著. -北京：人民文学出版社，2019（中国诗歌/阎志主编）
　　ISBN 978-7-02-016047-1

Ⅰ.①2… Ⅱ.①王… Ⅲ.①诗集-中国-当代 Ⅳ.① I 227

中国版本图书馆 CIP 数据核字（2019）第 297310 号

主　　编：阎　志
责任编辑：王清平
责任校对：王清平
装帧设计：叶芹云

出版　人民文学出版社有限公司　http://www.rw-cn.com
地址　北京市朝内大街166号　邮编100705
印刷　湖北新华印务有限公司
经销　全国新华书店
开本　880毫米×1230毫米　1/32
印张　10
字数　180千字
版次　2019年10月北京第1版　2019年10月第1次印刷
ISBN 978-7-02-016047-1
定价　39.00元

《中国诗歌》编辑部
武汉市江岸区惠济路3号卓尔书店　邮编：430000
发稿编辑：刘蔚　熊曼　朱妍　李亚飞
电话：027-61882316
投稿信箱：zallsg@163.com

如有印装质量问题，请与本社图书销售中心调换。电话：010-65233595

《中国诗歌》编辑委员会

编 委
(以姓名笔画为序)

车延高　北　岛　叶延滨　田　原
吉狄马加　李少君　杨　克　吴思敬
邹建军　张清华　荣　荣　娜　夜
阎　志　梁　平　舒　婷　谢　冕
谢克强　雷平阳　霍俊明

主　　编：阎　志
常务副主编：谢克强
副 主 编：邹建军

目 录

王学芯作品选 …………………………………… 1
胡茗茗作品选 …………………………………… 8
刘汀作品选 ……………………………………… 15
江非作品选 ……………………………………… 22
周公度作品选 …………………………………… 29
安然作品选 ……………………………………… 36
张二棍作品选 …………………………………… 43
若离作品选 ……………………………………… 50
冯娜作品选 ……………………………………… 57
郭辉作品选 ……………………………………… 64
杨河山作品选 …………………………………… 71
梦天岚作品选 …………………………………… 78

卢卫平作品选 …………………………………… 85
青小衣作品选 …………………………………… 91
津渡作品选 ……………………………………… 97
黑陶作品选 ……………………………………… 103
杨梓作品选 ……………………………………… 109
南鸥作品选 ……………………………………… 115
商震作品选 ……………………………………… 121
徐源作品选 ……………………………………… 127
杨碧薇作品选 …………………………………… 133
蓝格子作品选 …………………………………… 139

圻子作品选……………………………………………………… 145
金铃子作品选…………………………………………………… 151
张琳作品选……………………………………………………… 157
周鱼作品选……………………………………………………… 163
余怒作品选……………………………………………………… 169
飞廉作品选……………………………………………………… 175
单永珍作品选…………………………………………………… 181
李庄作品选……………………………………………………… 187
袁永苹作品选…………………………………………………… 193
白玛作品选……………………………………………………… 199
陆辉艳作品选…………………………………………………… 205
黍不语作品选…………………………………………………… 211
麦阁作品选……………………………………………………… 217
王妃作品选……………………………………………………… 223
叶菊如作品选…………………………………………………… 229
郭金牛作品选…………………………………………………… 235
弓车作品选……………………………………………………… 241
郑成雨作品选…………………………………………………… 247
髯子作品选……………………………………………………… 253
梁积林作品选…………………………………………………… 259
陆新民作品选…………………………………………………… 265
皇泯作品选……………………………………………………… 271
詹海林作品选…………………………………………………… 277
唐新果作品选…………………………………………………… 283
罗爱玉作品选…………………………………………………… 289
谢晓婷作品选…………………………………………………… 295
杨杰作品选……………………………………………………… 301
三色堇作品选…………………………………………………… 307

王学芯作品选

王学芯，50后，生于北京，长在无锡。参加《诗刊》社第10届青春诗会，获《十月》《诗歌月刊》年度诗人奖。出版诗集《双唇》等多部。

空镜子

当空镜子变成一只失忆的眼睛
我像荒草飘离　太多的白昼或光阴
僵滞而寂寥

冰冷的镜面封闭了几千个日子
没有言语　没有任何粗略的记载
曾经出没其中的有力形象
生命能量和清澈
像涟漪从边缘轻轻消失
即便偶尔发笑
也是一次遥远的嘘声

白霜一样的一薄片玻璃
隐没了张开嘴呼吸的喘息
交错的虚无人影
脊骨如同碾压之后的粉尘
在看不见的角落里
纷纷扬扬

我失忆的眼睛像块橡皮
擦尽了干燥的脾气和发亮的虚荣
变得纯洁如雪

空杯子

我的喉咙因江南的水而口渴
我常常用清澈的眼睛　面对
熟悉的杯子　一只
真实的空杯子
每滴水的幻觉使我的颈子蜷曲

另一方面　一瓶纯净水
从遥远的雪山或轻盈的岩麓
如同绝世的琼液
渗透我的生命
使我的喉咙　躯体和心脏
一再侥幸生存

现在梦在剥离江南水域的光泽
那些湖泊与河流　面对
空杯子　时间
在杯内变黄
颈动脉在后脑砰砰跳动

自己的格言

以一日的黎明
迎来满天星斗的夜色

咬一枚坚果
焦糊的味道从入口开始
点燃每根神经

别回头看　前面的问题
许多苦　一根尖刺总会穿透时钟
时针慢慢前移　跋涉荒漠

在云雾里　踮起小心翼翼的脚尖
从苔藓上走过　走向
更深的深处

更多孤独　诗悬挂在一张纸上
天空清冷无云　这才是
真正发现的意义

这样对着烟灰冥思苦想
渐渐闻到了一支香的气息
穿透了沧桑

自己的格言　是让一切清晰起来
又在轮廓中丢下渴望的形状

群　醉

这酒在轮流的歌声里飞洒
在更扩大的空间　每个人随云而飘
又一点点升高　在天花板下飞行
生死一辈子的拥抱
把自己的世界和友谊
变成轻飘飘的肉体
和散发着热的沉甸甸灵魂

直至最后一滴酒坠落　灯光熄灭
再次哗啦啦地唱歌
各自漂游各自的幻境

夜已沉入

夜已沉入
沉入十年前的一棵树下
我们像当年那样安静地坐着
谈一些已经到来的今天
说要触摸内心的沉默

明白地去走各自的远处

夜随你回家　在你家的窗外
看你波涛般的目光起伏
这个夜晚没有星光、月
一片漆黑

而我从你内心看去
坐在阳台想起一首诗的节奏
写与你有关的皱纹以及
穿不透的一个生活壳子

陈旧的通讯录

我不删除大地的声音
也不再扩大发芽的空间
一路向前　脸庞轮廓　街道
房屋或者墓地
各种沧桑的遭遇
忘却无声无息演变的一切
像泥鳅游在淤泥中
隐于音讯的深处

此刻我仰面浮在草丛间
天空是被缩小的池塘
那些云朵　那些清晰的平常画面

陷入虚空的窘迫
静默如同巨大的穹顶
从天而降
但尽管这样　我依然用眼睛寻找
——灯光或者萤火虫
拒绝天际的飘飞或短暂
即使墓地
我也要丰富房屋街道脸庞的轮廓
因为我们曾经炽热

胡茗茗作品选

　　胡茗茗，60后，现居石家庄。参加《诗刊》社第23届青春诗会，获2010年度中国作家出版集团奖、第三届中国女性文学奖、台湾第四届叶红诗歌奖。

夜深沉

女人,洗去汗水、火气与脂粉
向晚,让每根枝叶接受暗红色的小风吹
躺倒的雷达正接通星辰的旨意
雌性的微电流扫描白天的暗物质

半睡的女人没有灰尘
云朵起伏在床上,男人摁进呼吸里
长大的孩子被重新孕育
女人摸着生育过的肚皮
结实的横膈肌,肥美的腹股沟
魔鬼与天使曾同时抖动翅膀
那里是一个男人的祖国,也是寒庙

"我的故事结束了
它开始于一无所有"
管他呢,越痛苦越怒放
经过洗礼的女人
将另一只手,叠在手背上

门外响起脚步
她最终没能让瓶里的花
一下子飞回湿漉漉的枝头

再见九章

一

终于垂下睁了三年的眼帘
疲惫,胆小,略带羞惭

窗外,空无一人的深夜让人吃惊
仿佛你就站在街边,送来济世汤药
呼吸尚在耳旁,有忍冬草芳香
这让我在抱紧女儿小身体时
总觉恍惚

二

是的,我越来越习惯寻找她
睡去的小手,贴近脸庞
需要稻草、镜子,需要力比多
正如她需要我的微笑早餐与圣诞小树
她不知这在我,已是暗暗艰难

野猫夹着尾巴逡巡于垃圾箱
乞丐裹着报纸蜷缩墙角
我庆幸尚有滚烫的白米稀饭
胸怀道德律

三

散发,我是如此小心
一字一字地取舍
在通往黎明的桥上,头东脚西
听不到那边的花开和歌唱

四

我看到潮水扑向海滩
那么多的爱
一遍又一遍

我心疼快乐的脚印被瞬间冲走
那些我在你后背
用手指慢慢划下的名字

带上一个女人的全部
我坐到赌桌跟前

五

逝水执意东来,无意西去
我端坐莲花

能放下的都放下了
放不下的交给时间
锤子和菩提

经幡在风中呼呼作响

它温柔招手的样子
总让人的热泪夺眶而出

六

天空也是用来告别的
白天是大雁,夜晚是流星

现在的我什么都怕
什么都不怕,包括你
废弃的煤渣,羞于说起燃烧
只在偶尔面朝西南方向时
反复想起擦拭的动作
仿佛深渊,你注视它的时候
也正被它注视

七

孤独让人易睡,只一个小盹
旧年划到了新年

时间本不存在,是人类强加以刻度
并被赋予刻度,比如年龄
比如皱纹和生死
撕去布满印迹的白纸
它是否纯洁与污浊
是否存在,以审美的角度
远非我们目力所及

手机不断收到新年祝福

隐约提醒我与世界的联系
一只蚕,将汲取外部的能量吐出来
包围自己,悄悄化蝶

八

我沉迷许多物质的影子
折射,夸张,膨胀
线条清晰

我相信它的真实超过物质的恒久
我测不准它的幽深它测不准我的阴柔

一把剑阳光下威风四射
剑鞘里必隐忍且暗藏杀机

九

我们彼此分娩
以缓慢的速度脱离初衷
一寸是回头,再一寸是向痛苦弯腰
在世界的两极原本不同地酷寒
那边风一吹,这边的沉沙在眼底暗痛
可我们已耗尽所有

无限事

即将远行的女儿,依偎在我怀里
说说她喜欢的男孩儿和未来
说说枕旁睡去的猫咪。香薰灯在
有一句没一句地冒着鼠尾草的
话外音,而窗外
似乎有夜雪,簌簌而降

女儿问我今天的快乐是什么
我起身点开一首歌,倒上一杯酒
琥珀色的伤感在灯光下晃动
瞬间,在家的雨伞下
两颗心团在了一起
血管里有些力量朝对方而去

你睡在儿时的乳汁上
我在黑暗里,记录下
今天的无限事,无限时间
无限声"妈妈"

你不知道,妈妈的心跳
正背着你,如战鼓
催促一把老泪,在星辰下面
瘫下来

刘汀作品选

　　刘汀，1981年生，内蒙古赤峰人，现居北京。出版诗集《我为这人间操碎了心》等，小说集《中国奇谭》等，散文随笔集《浮生》等。

世间万物，我只对人类过敏

这些年南来北往
去了许多地方
见过天王菩萨、奇山怪水
也遇到过刁民和良人
但这一切，从未让我惊奇
因为所有的赞叹和叙述
都能在日常里找到根由
要了解神性，就瞅瞅女儿
和身边的安静行走的人们
想找恶魔，就反观自己
那空洞虚无，比深渊还要深
年岁至此，我越来越确认
在被观赏的风景眼中
人不过是它们的一个乱梦
我更加确认的是
世间万物各有其命，而我
只对人类过敏

雨后街头

夕阳那么好

刚下过雨的乌云
那么好
水坑里树的倒影那么好
一个骑在父亲肩膀上
手舞足蹈的孩子
那么好

红绿灯里的小人儿
也停下脚步
看着黄昏的路口
夏天离去
全部的水都已落下
马路干干净净
谁都应该去走一走

牡丹园夜归人

我在此处住了四个年头
路口的红绿灯，也已坏掉四次
走在每年春季都要挖开的街道上
我想起前天，女医生淡漠地说：
戒酒，运动，控制体重，最关键的是
尽可能让自己快乐，假装的也行
这意味着，我身体的一部分仍然年轻
只要拼命劳作，就一定付得起药费

我熟悉这里的每家饭馆
甚至暗暗统计过,天桥下
戴红袖章的老人有几个广场舞伴
马路对面的小月河,曾遭受一次污染
死鱼将腹部袒露给天空,每隔几分钟
地下就有一趟满载肉体的列车呼啸而过
我们倒满酒杯,敬这轰隆隆的颤抖
敬被风雪掠夺的枝条和热泪

许多次,我深夜醉醺醺归来
牡丹园已被酒鬼的呕吐声填满
寂静的尘埃和花粉,找到了宿主
树木也等到了,属于自己的失意人
在哪里做梦,就等于在哪里
把一部分自己长埋。多情的牡丹园啊
我有过三次大醉,三次天旋地转
还有三次,遇到同一只金黄的老虎
"猛兽的温柔,最贴合夏夜暖风"

彼此致意了孤独和骄傲之后
它摇着尾巴,放弃尖叫的人群
我仍将继续在这里生活,仍将
继续坐在凌晨的马路边干呕
谁也无法把夜色请进酒馆一起干杯
长大了就是长大了,再无鬼怪入梦
喝醉的借口也会越来越少,幸好
永远有孩子在树荫下聚沙成塔
一场暴雨将世界恢复如初

我急需一场痛哭

没什么具体原因
只是对生活提不起兴趣
只是对世道无话可说
只是想把心底的淤血
用眼泪流出来

为了蓄满这无由的洪水
我曾问道上帝,上帝说:
爱是恒久忍耐,哭也是
忍耐之后呢?他无能为力
我也曾求解惑于佛陀
佛低眉顺目,不发一言

最终,我还是缩回
这日渐任性的肉身
说到底,我急需的不过是
找到平静入睡的借口而能醒着
是脚戴重镣行走一生
却留下轻盈的痕迹

窗

在我的左侧，十二楼，一扇又宽又长的窗
它外面有青草、卡车、玩滑轮的姑娘
我伸出手去，窗
一直都这么明亮
正面对着它，用帘子遮住它，背过身忘掉它
窗敲敲玻璃，羞怯地喊我的名字
我忍住好奇和善良，不为所动
啊，万物都深深地知道，自尊
会使窗沉默，安心地把世界隔开
等最后的光也隐匿了，我亲吻着
窗，它身体里，同我一样，是无尽的黑色

喂 海

黄昏的北戴河海滩
海和天，都是暗蓝色的
女儿抓起一把把沙子
投进涌来的海水中

她说，大海涨潮
是因为太饿了

她要用沙子,喂饱它

我身体里,至少藏着十个大海
时刻有潮起潮落
但只要一个女儿
就能不被它们淹没

在虎林园

在东北虎林园
司机不断推销死亡
一只鸡八十
一只羊一千二
还有套餐组合

车外撕咬的老虎
哪里知道
它们每天吃的
不过是游客
血淋淋的好奇心

江非作品选

江非，1974年生，山东临沂人，现居海南澄迈。著有诗集《传记的秋日书写格式》《白云铭》《夜晚的河流》《傍晚的三种事物》《一只蚂蚁上路了》等多部。

夜晚教会了我什么

夜晚教会了我什么
教会了我仰望头顶的那些恒星,让我知道我死后,它们都还在
教会了我边走路边留意那些路边的灌木丛,那里或许藏着低矮俯身的东西
但是用一只疑虑的眼睛看着我
教会了我仔细地盯着出口处那些落地窗玻璃,直到玻璃上浮现出别人的脸,那些我没有见过也没有摸过的脸,就像一个一个向岸边传来的波浪,一个空瓶子向外倒着水的继承人
教会了我要记住走过的路,记着爱人的名字,把她们带往甜点铺或是家里

我在夜晚的路上走着,我靠在夜晚的椅子上看着
我在夜晚的车站展开一本书倚着一根柱子细细地读着
夜晚教会了我要活着,要醒着,要留一点心意和橘子给那些已经没有眼和肉体的人

神也不喜欢流泪之人

我也有我心爱的女人

我见她的那天春日的路边开满了花
街道两边站满了礼物一样的孩子
他们身上的乳香,就像清晨的大叶桂一样
可是我离开了她,来到了这块土地
告别那天,她把她的一挂长命锁挂在了我的脖子上
如今这锁子就挂在我的脖颈上
而我的身旁就躺着她,我在黑暗中
用泥慢慢捏出了她
如今她肯定也在我的故乡死去很多年,也已经忘记了我
可我只会去思念她,我不让我因此流泪
因为一有泪水,她就在我身边化了
因为神也不喜欢流泪之人
如果你觉得我是个命苦之人
就在我的身旁放上一根树枝和一块石子
有这两样东西,就能证明曾有人到我的坟前来过了
黑压压的游魂在夜晚不停地游荡,唯独我的长命锁
会在路上发出清脆的声响

野雁飞过

谁记得一群一群的野雁在头顶的夜空里飞过
那些野雁,在星空下
闪动着周围的空气,手臂搭着手臂
肩膀靠着肩膀,飞过山东省的上空
沙沙声,像父亲在谷场上筛着干瘪的稻谷
如果它们不推动空气,翅膀下就是漂浮的深渊

谁知道这些野雁这样飞过星空下崭新的麦田
触到漆黑的泰山山脉,只是为了成为它们想是的东西
我曾倚着软软的草垛看着它们
在秋天的夜里,我知道我只是低低地虚度时光我还不是
野雁在飞,圆圆的筛子在我父亲的手中发出沙沙的声音

刺　猬

我跟着一只刺猬走路
它孤身一人,走在草丛中
它在寻找吃的,草叶遮盖了一切
它回过头来看着我

它的眼神是那样的幽凄
仿佛在等我说些什么
我想举手做点什么
但我知道,面对永恒的心灵
我什么也做不了

幽凄是这个世界的
基本表情

刺猬只能这样幽凄地看着我
在草丛里走它的路
我遇见一只刺猬
随它走完一小段路

我也不能去赞美或应答
一颗没入草丛的心
只能这样无奈地跟着它

未达之地

一片没有人迹的树林
多年来
没有人进入
也没有人从那里面出来

一片无人光顾的树林
没有人对着它喊话
也没有人曾在里面应答
位于一个山包下去的山坳内

它看上去比别的地方更加茂密
那应该是更加安静、发达
或者是覆着厚厚的落叶和梦
一直在那儿沉睡

或许那树林的存在一直就是真的
我和别人都曾站在高处眺望
都曾想试着接近、进入那片密林
都在半路上折途而返

回来的路上,每个人的原因各不相同
有的是不想走那么远的路
有的人是惧怕了那没有人迹的去处
那么我?我是因为什么

也许我只是偶尔想象着有这么一个地方
离人不远,但人迹罕至
于风雨之夜,于深深的劳顿和倦意之中
有一处未达之地,让心有所属,而渐渐沉寂

风雪之夜

我想我应该用一根木棍
把门闩顶牢
不让风雪推动大门
这样我就可以
安心地睡个好觉
不用在半睡半醒之间,听到有人
在门外拍门
起床冒雪去开门
人睡着之后的心
总是朝向门外细听着
那种一下一下试探着的推门声
往往令人心碎

难免的辛劳

这些活总要有人干
把荒草除掉
把落叶笣成一堆
牲口牵进棚厩
把草料添进食槽
在果树坐果的晚上
趴在门上
听一听布谷鸟月光下的鸣叫
一个人在果园里生活
日子总会过得十分单调
但那些果树不会收拾
也不能守护自己
你也可以不必如此去做
但如果你不半夜起来
数数天上的那些星星
它们就会变得稀少
带着爱和良心
在人世上生活
多少会有一些难免的辛劳

周公度作品选

周公度，1977年生，现居西安。著有诗集《夏日杂志》《食钵与星宇》，诗论《银杏种植——中国新诗二十四论》，随笔集和小说集若干。

如何度过黄昏

黄昏中有一种你即将到来的气息，
但你在哪里？

窗外的河流
仿佛你的心；
我如此爱慕，
却那么冰凉。

街边的小狗
即是我自身；
它如此凄惶，
全是因为你。

子时的芒星有一种你永远不会来到的气息，
你去往哪里。

如何欣赏静物

一艘船停在湖边，
一艘船泊在江畔，
它们的心意并不一致：

前者指向内在的圆,
后者像一句誓言。

一盆三叶草放在阳台,
一株玉簪种植在户外,
它们的花色,并不重要:
前者是你的消息,
后者是一则秘密。

一尾黑鱼在瓷盘,
一朵彩云在天际;
它们都知晓雨水的日期:
前者在生前,
后者在风里。

事物存在的形态中,
我对于你的意义,
宇宙、自然、人世间,位置最低:
是一个路人,
如一堆淤泥。

如何倾听谎言

我见过竹林中的阮籍,
他曾酒后写信,
讨要上好的昆仑木炭和虢地锅具。

作为林中散步的幼鹿,
我唯有于清晨不告而离。

有一百年我在波兰,
去西亚的一处废弃的宫廷,
经过高加索山脉,
途中杀死了强盗三千,
获得了一座隐蔽的岛屿。

十二世纪的一个夏日,
我种好了十亩树荫,
从都城开封乘船去临安;
途中遇见一个少年,
他赠我一株天目山麓的幽兰。

你说的这些事情——
我全部深信不疑。
因为你清浅的吻,
和施恩的眼神,
此生仍有前世的印迹。

如何管理梦境

怎样让所有的梦境出现你?
有本古代巫术书上这样写:
在她的肖像上(现在是照片),

用粟米勾画她的样子,
在她的心口,
放一粒芝麻;
在这粒芝麻上,要起一座楼。

在这座楼里,
天井种桃树,庭外植斑竹,
墙壁绘如意,基石雕玉兔;
楼顶碧云悠万里,
门前溪水过千川。
怎样让所有的梦境出现你?
除非芝麻上面起高楼。

如何想象她把芹菜放在诗集上

你在身边的时候,
我时时想赞美,
比如卧室——
床单的皱褶,衣物的凌乱,
散置的卡片,
窗玻璃上的雨水印迹。

有时,还包括——
厨房里的油烟,
刚刚洗过的杯盘上的水滴,
围裙的陈旧图案;

它们静静地在晨光中,
像酸甜的柠檬切片。

"沙发上怎么会有
一粒,又一粒,大米?"
"落发当书签,
会不会过于纤细?"
我喜欢看你站在傍晚的阳台上,
望着远方,不言不语。

如何驱使未来

一个人内心的疆域有多大?
有的人,心如枣核,十年成就树林;
有的人,心如豹子,俯卧树干,静心等待为周身华丽斑纹
　　追逐草原羚羊的刹那;
有的人,
心如雨云,
溪上看过晨曦,
远行过江河,
遥望过四季与星辰,然后——
乘风于海上,
只为与鲸鱼同行。

——你呢?
无论白昼与夜晚,

身处万里荒野,或闹市街衢,焦躁千里的梦境,
都一心系于庭院;
这方寸之地。
你与我的——
小小宇宙。

冒险家的美学是什么?
内心的善,画成图案,是否是一个圆?
期待得太久了,人群昨日已至此地,
即便是种种细节暗示的今生命运已知,但依然驱使着每个人
　趋向未来;
豹子的斑纹赋予它闪电的速度,
云层的变幻,源自无边无际的浩荡穿行之风;
而枣核的微妙,在于根系穿过岩石的意志。
形养内心——
我内心的疆域,
源自你的美。

安然作品选

安然，满族，1989年生于内蒙古赤峰，现居广州。作品散见于《人民文学》《民族文学》《扬子江诗刊》《作家》等。2018年获《草原》文学奖诗歌主奖。

沙滩笔记

从同心桥到浪漫剧场,不需一刻钟
我想你,也不需一刻钟
我赤脚,把沙粒踩到深陷
我诵读,在聚光灯交汇的片刻
我想拉着你,穿过喧嚣和宁静
在海岸耳鬓厮磨,让海里的明月
照见彼此相吸的人
我想遇见少年的你,暗送秋波
我想轻敲你的门,给你煮水
用海里的波浪,和电白镇的晚风
我想……我想等你抽完一支烟
搂住我,喊我宝贝
我想写一首关于你的诗
关于诗人的诗,关于浪漫和爱情
我写下椰林,蘸着海水
我写下母贝,松林,游船和渔民
我就是她们
我看见木麻黄摇曳……
现在,我饱含激情,我要
把内心的高原和丘陵读给你听
你听——
泉水沸腾,海风呼啸

种美人

我在你的身上种芭蕉和草莓
种罂粟在唇上,种一对火凤凰
梨花带雨,也种三千佳丽
让你醉生梦死

种春秋,漫长的冬夜
在你的腹部,我种樱桃和白茅
在你舌上的酒庄,我种下
烟民,陪你在棋牌楼

种晨露和大雾茫茫
瘾让你飘飘欲仙,烈火中烧
即便如此,我还要种下万两黄金
在你腰间的素丝上

种山河和兵权,你爱
江山浩荡,枕边的美人
和手中的利刃,我要为你
种下英雄救美的乱世

雪落千山寂

卿安

（著名书画家、书画评论家）

故纸夜话 《第五届武汉诗歌节筹备会 之二》

茶过三巡,谢克强清清嗓子道:"好了,第一件事情已论定,现在我们来讨论第二件事情。按照惯例,今年的武汉诗歌节要具体落实了,如:闻奖评委的确定,闻奖颁奖地点的确定。之前定下的诗歌节时间是十一月二十八日至十二月一日,因为与中国作家协会在北京召开的全国诗歌座谈会时间重合了,部分之前确定参加的嘉宾来不了,建议诗歌节提前到二十五日开幕。"阎志点头道:"可以。今年的诗歌节不同于往年,新增了两项内容,一是香港诗歌之夜武汉站,二是法国的龚古尔文学奖颁奖,都被纳入到我们的诗歌节流程里面,这样一来,之前定下的三天时间不够,拉长到七天比较好,名称就叫'湖北卓尔国际文学周暨第五届武汉诗歌节'。""好家伙,这是要把武汉打造成世界诗歌之都的阵势。"车延高笑道。

阎志是武汉诗歌节的总策划,武汉诗歌节由卓尔公益基金会、卓尔书店、《中国诗歌》联合主办,自二零一五年起,每年举办一次,今年是第五届。历届诗歌节邀请了北岛、舒婷、谢冕、吴思敬、吉狄马加、叶延滨、娜夜、荣荣、张清华、雷平阳、李少君等百余位中国诗人,以及梅丹理、乔治·泽提斯、德米特里·维杰尼亚宾、竹内新、韩成礼等数十位外国诗人,与市民读者面对面,进行现场的交流和诗意碰撞。今年会邀请哪"二十八诗日乎?二十六日上午诗歌节开幕式暨诗歌营开营仪式,会后评选第十一届闻一多诗歌奖,下午中国诗歌万里行走进赤壁羊楼洞。二十七日上午去浠水县闻一多纪念馆颁发闻一多诗歌奖……诗歌节七天期间,每晚在卓尔书店三楼小剧场播放经典文学电影,面向市民免费开放。""在闻一多纪念馆颁奖这个想法好,既弘扬了闻一多的诗歌精神,又将诗歌节气氛推向高潮。""听说今年的诗歌节邀请了方文山?"邹建军笑道。"对,他不仅会作词,还热爱诗歌,出过两本诗集,年轻人对他不陌生。"刘蔚道。

关于诗歌节的细节,大家又讨论良久,从媒体宣传,到诗歌节活动场地的联系,诗人嘉宾的接待工作等,进行了具体的分工统筹。十一月的江城,银杏飘黄,凛冬未至,正是一年好时节,一场诗歌的盛宴,正在卓尔书店酝酿中,只等你来,感受武汉的诗歌如何走向大众生活。

经过一番激烈的讨论,最终确认了十二位入选本次诗歌营的学员,他们分别是:邓牧羊、付炜、加主布哈、陆闪、彭杰、童作焉、野老、李田田、刘宁、米心、许春蕾、余真。他们中最小的是生于一九九九年,现求学于成都的付炜,最大的是生于一九九三年,现为山东滨州某高中老师的许春蕾。他们的作品将入选《中国诗歌2020新发现诗人作品选》,同时他们将受邀参加第五届武汉诗歌节,在诗歌节期间,与数十位中外诗歌名家进行面对面的诗歌交流与分享。祝贺他们!"桐花万里丹山路,雏凤清于老凤声。"因为这些年轻面孔的涌现,诗歌的血液不会冷,诗歌的路不寂寞。

题字:车延高 篆刻:韩勇 记录:熊曼

当代名家书画·卿安　　栏目主持：刘蔚

雪江牧放图

故缘夜话

《第十届新发现诗歌营审稿》之一

雏凤清于老凤声

〔二零一九 第五卷〕

香伴着茶香，一间净室已被收拾好，在五楼静候。

桌面上摆放着两摞整齐的打印稿，这是《中国诗歌》编辑部从三百余份来稿里初选出来的，它们来自全国各地，参加《中国诗歌》新发现诗歌营的十二位学员作品将从中诞生。

"这里一共有二十四份稿件，左边的十三份稿件，由我、熊曼、李亚飞三人认真看过并讨论，倾向于入选诗歌营。另外为避免疏漏，右边的十一份稿件你们也看看。"谢克强介绍道。"好。"车延高应着，翻阅起左边的稿件。阎志则翻阅起右边的稿件，笑言："我检查一下有没有被你们漏掉的优秀作品。"

"你们认为邓牧羊的诗怎么样？"车延高抬头问。"不错，初选时我选了他。"笔者道。"相较于现在年轻人当中比较流行的学院派诗歌写作，我更喜欢邓牧羊的诗。"车延高道，"邓的诗构思巧妙，立足于生活，语言有弹性和张力。""邓是不错，但在这帮小孩童里面，我更喜欢童作焉的诗，无论是语言的成熟度还是思想深度，都很好。"谢克强道。"是吗？那我要认真读一读。"车延高说着，就开始在一叠稿子里翻找。读罢，说了句真好，又顺手递给旁边的邹建军，"你也看看，交流一下意见。"

"这边厢正讨论得热烈，那边阎志抬头道："这十一份稿件我已看完，暂时没有发现让人眼前一亮的，看来落选是有原因的。""那当然，针对初选出来的二十四份稿件，我们逐个讨论投票，最终选出十三人。大家都看得很认真，接下来你们需要从这十三人中选出十二人，参加我们的第十届新发现诗歌营。"谢克强道。

"这边厢正讨论得热烈十三个人当中拿下谁都有些可惜，能不能增加一个？""不行，人数不能更改，前几届都是十二人。"谢克强说。"如果一定要拿下一个的话，那我选叶可食吧，他的语言亮点差一点。"

"同意，初选时我没有选他，因为谢老师很喜欢他的诗，所以被收录进来。"笔者什么意见呢？"车延高问。

我喜欢……

我喜欢你的黄叶子,杯中的晚年
我喜欢枫林里的绿洲,像喜欢你
醉酒归来时——
火焰燃烧——

我喜欢你的沧桑,和全部的悲悯
我喜欢你,喉咙已上火
在炙热的八月,我们悄悄
靠近,又离开

我喜欢你的眉宇,与青山做伴
我喜欢……你凌波微步,称霸武林
你覆盖我,我只喜欢这钟声
在身体里嘹亮

我喜欢你,身体膨胀
我喜欢……你抱住我,亲我,捏我
喊我,一声又一声,像两只
交尾的蝴蝶,在云山雾罩的早晨

你我之间

隔着灯火,画你的影子在河面上
也画你的孤寂、爱恨和白发,在潮汐里
我要画个美人,给你研磨
捎去人间的恩典

你清休、打坐,为苦难的人祈祷
我也要祈祷,为平静的生活
和葳蕤的草木,为体面地活着
你为人世,我为烟火

隔着生死茫茫,你给菩萨敬酒
讲肺腑之言,我也敬酒
给沟壑和低洼,给河流和故土
你敬神灵,我敬亲人

隔着一月雪,二月梅,三月的
离别,和四月的海棠
雷声阵阵,细雨微微
你在海之滨,我在离离原上草

为了爱你

为了爱你,我在体内豢养虎、豹子
一种邪气也开始滋生
我努力做好沉默的准备
我喝掉很多盐水
如果可以慢一点,我还要
在体内豢养更多的生灵
比如,我们一直追逐的鹰
它飞行的速度超越了云
也超越了几条河流
它开始慢下来,为了爱你
我豢养了更多的情绪
我背叛了一片森林
我违背了秩序
在村庄,我伤害了无辜的人
踩死了很多只蚂蚁
为了爱你,我在体内栽种罂粟
和更多有毒的植物
我做了很多危险的事情
为了爱你,我身上的火
险些烧掉整个春天

宠　我

我是玫瑰，刺你心底的波澜
我是海浪，拍打你唇上的春光
我是你牵挂的孩子
跟你娇嗔
嗅你齿间的烟草和额上的汗珠
我是你三千越甲夺来的美人
给你用攻心计和小伎俩的罂粟
你都一一应战
给你军草和马匹，给你半张床
给你鲜花和歌舞升平
让你赢得天下，因爱上瘾
我是你的小松鼠，在寒温带
我是你的半枝莲，为你清热解毒
我是……我是你最初的秘密
像白雾一样轻
像倒影一样迷人
请在光阴的褶皱里，宠我
请用尽余生，宠我

张二棍作品选

张二棍，1982年生，现居山西代县。山西文学院签约作家。2009年开始写作，2015年参加《诗刊》社青春诗会，2017年度首都师范大学驻校诗人。

轮 回

雪化为水。水化为无有
无有，在我们头顶堆积着，幻化着
——世间的轮回，从不避人耳目
昨天，一个东倒西歪的酒鬼
如一匹病狗，匍匐在闹市中
一遍遍追着人群，喊：
"谁来骑我，让我也受一受
这胯下之辱"
满街的人，掩面而去
仿佛都受到了奇耻大辱

坊间谈

窗外，一排干净的肉体
倒悬着。那些被人类喂养大的畜生
又返回来，喂养我们。我和我的
屠夫朋友，坐在腥气氤氲的肉铺里
谈论着一些莫须有的事。而它们
这些被刀子与沸水，伤害了的
哺乳动物，隔着油腻腻的玻璃
聆听着我们的对话。它们安静、沉稳

一点儿也不忌讳,我们说起
它们的价格、成色,甚至生前事
这些亡而无魂的畜生,冷冰冰挤在一起
根本不理会,这个
不要灵魂,只要肉体的时代

一个人太少了

我不能给所有的药,提供一场大病
我不能给所有的牢笼,指认自己的罪名
世界伤口无数,我只能选择一个,去溃烂
撒盐的时候到了,我孤零零的伤口
绝不够堆放。一个人太少了
我只能是桑,是槐
被别人指着,骂着的时候
我不能+1,不能点赞
不能既指向自己,又骂向自己

钟声手札

钟声是一件悬而未决的事
敲钟的人,需要在回肠荡气中
把握住余音断裂的瞬间。否则
两个时间,会莫名地纠缠在一起

谁也分不开它们……
甚至，时光从此会踏上歧途
在漫长的错乱中，诞生几个
疑心病、诗人、花和尚与皮影戏子
——这太疯狂了
所以，敲钟的人，往往都活成一副
吊儿郎当的样子，以此来抵抗
自我的判决

黄昏太美了

黄昏太美了。可是黄昏中的夕阳
太疲惫了。你看它，一点一点
滑下群山的样子
多像，一步步，被铁链拖上刑场的囚徒
——不甘心啊。此时，谁望着他
他就是谁的亲人，那么无力
那么无辜。他那样望着我们
也望向我们身后，越来越粗大的黑暗
枷锁般，围了上来……

黄土高坡的小庙

1

窑洞确是寺庙,落叶并非经书
那个络腮胡的和尚
喝醉了,指着落日下的一座山梁
说,从前,我是那边的一个俗人

2

佛像前的红烛,也吃荤
火苗一口一口,舔着灯蛾子

3

年轻的时候,他只想
娶一个,端正一点的婆娘
现在,他只想
塑一尊,端正一点的观音

4

山门空空,功德箱空空
供案前空空,蒲团上空空
——他说,唉,四大皆空

5

袈裟破了。他补了一块蓝色的校服
袈裟又破了。他又补了一块
有四个红字
"代县二中"

6

他说,曾有民兵在此训练
曾有小兵,欲以佛为靶
曾有小僧,以身护佛
——后来呢?后来,僧与兵
扭打在一起。枪走火了……
——后来呢?
再后来,谁也没伤着。枪炸膛了
枪,宁愿把自己伤了……
他说,那真是一把得道的好枪啊

7

要把猫喂饱了,才能去念经
不然它会一声急,一声缓地叫
有时像个女人,有时像个孩子
他说,都让人不舍

8

白菜是自己种的
豆腐是王聋子送来的
——每次送来豆腐的时候,都得给他念一段经

王聋子总是说,万一我能听见呢

9

小庙方圆一亩,佛像有三
出家十四年,他五十八岁
俗名文福,就叫文福和尚吧
反正也没有师承,没有信徒
反正也没有非得出家的理由
——现在,连还俗的理由也没了

若离作品选

若离，80后，湖北黄梅人，现居武汉。出版诗集《若离诗集》《那些迷途的青春》等多部。中国诗歌万里行形象代言人。

梦里下了一场雪

这一场雪复制不了相知的梦境
就像眼泪无法将思念还给过去
从一个没有冬天的冬天启程
沿着铁轨延伸的迷离
寻找一场纯如雪的记忆
铁轨将记忆拉得很长，很世故
开始的时候　圆圆的很像梦
后来被车轮锯为凄美的断句
读着像诗，但却不是诗

日子争分夺秒地老去
青春只剩下混着方言的旁白
从一个年轻的城市偷走一段古老的爱情
从一滴眼泪中学会酝酿一首诗

在没有冬天的冬天
在失去梦境的梦里
我遇见了一场雪
潇潇洒洒　清清白白

碎　念

有一句话
从天荒说到地老
又从地老说到天荒
至今也没画上句号

有一段誓言
从海枯许到石烂
又从石烂许到海枯
至今　海也不枯　石也未烂

有一段情
听说至死也不渝
只是后来　人还好好活着
情却死了无数次

有一颗心
出污泥而不染
当成群的蜂蝶来献媚
才发现出污泥的不是心
而是花

离开一座城

昨天的故事一尘封
这座城就空了
故事里的冷暖，走后
这人间就淡了

写一首诗，与寂寞无染
忧伤馥郁五月的盛情
离开一座城
恋上一段莫名的光阴

江城，从此不见黄鹤归来
前方的路或许山重水复
这世间最伤心的字眼是离
最不忍辜负的是来时憧憬

离开一座城
故事里的风景渐远渐近
恋上一段尘
告别那个叫若离的人生

浅 忆

温婉的溪流被一朵落花拐走
雨中的野花野草,找不到自己的根据地
我的眼睛从一滴雨露中邂逅纯真
站在暮色中独自看风景
只怕心中的风景是要辜负,这三月的浓情
想写一首与春天无关的诗
蓝天白云是诗中的背景
百合与玫瑰宛若两位风格迥异的情人
从清纯开到荼蘼
出现在花丛中的那个人
不知可有人记起她芬芳的背影

受伤的月亮

你还是原来的模样,只是你憔悴了
我离开故乡的那一年,那一夜
你为我编织一床皎洁的梦想
当我去了那个名为梦想的城市
你一路狂奔,从此流浪

那时我的房间很小,窗台更窄

蟑螂路过都会被挤得哇哇大叫
意外的是,你竟在我的梦中歌舞
我感动得忘记流泪,却学会了嘲讽
我多想邀你共舞
可我怕无名的夏虫,惊扰你圣洁的美梦
怕你圆润的身体,被挤压成弯弓
于是,我将你寄居在别人的屋顶
将你囚禁在稿纸里,左右你一生

这些年委屈了你,没给你名分
却总在狭隘中求生存
看你现在的样子
瘦得如一弯弓
那个曾经皎洁的梦想,梦中的歌舞
竟是我一生的负债与噩梦

人间独处

这年味不比我恋你时孤独
一月很快远去,冬天的雪变了心
也许在二月,会下一场春雪
那时,路边的野花野草
时常会让心怀春天的路人着迷
窗台的百合,笑得太过认真
这人间,本是一个人的人间
相逢只为诠释错过或过错

透过纱窗,光秃秃的枝头依稀
可见无名的鸟儿在嬉戏
树上难觅一只虫蚁
我愿收集整个冬天的食粮
去换取鸟儿的快乐安逸
这人间没有什么比快乐更重要

记忆中的欢喜与忧伤,时间在慢慢雾化
一生中最深情的一次投入,风决定带走
春天很快来临,淡然是岁月留给彼此最后的珍重
这人间还是我一个人的人间
独处,静看云卷云舒

冯娜作品选

冯娜，1985年生于云南丽江，现居广州。获华文青年诗人奖，参加《诗刊》社第29届青春诗会，首都师范大学第十二届驻校诗人。著有诗集《无数灯火选中的夜》。

日落盐洲岛

太阳落在黑色的岩石上
那令人发狂的灼烫,是大海的另一颗心脏

我抚摸过黑暗,它们未必是燃烧的产物
消失在雾气中的歌声
没有赞颂光明,也没有点燃天空的倒影

人群的呼吸和哀叹,驮着日夜行进
太阳和岩石频频变身,在火与水之间流动

跪坐在海边的人,沉思过昏暗的钟声来自何方
灰色的鸥鸟一样的命运,又将飞往哪里
他和我们一样啊——
像日落一样茫然无知

温 暖

现在　我是一个懒得起身看日出的人
哪怕海上的岛屿也可以望见我的阳台
大海是不会干涸的
太阳也会照常升起

对于时间　我有了更加疲乏的耐心

我们穿过的县城公路　海前面的峭壁
夜半饮下的啤酒、剥开的蟹壳
只让我们看起来更像异乡人
现在　我的眉眼已经不再说明年岁
就像水已经不再急于涌上浅滩

阳光撒在软黄的沙子上
也不肯说出这是我见过最长的海岸线
——也许此生　我还会见到更长
现在　我知道伏线和余地都要留下去
我只是和前面的人一样
从沙堆里挖出搁浅的幼蟹
抛回海水
当我们走到尽头　我们返身做着同样的事

他们也闭着嘴
现在　我们是相互不需要认识的人

支　点

陆地的暗处，水成为一门通用的语言
岛屿之间的隔阂被我听见

水的音调不一定和纬度有关

海的来历却似心灵遭受了淹没
往水中倾倒沉沙，就像往天空撒播星辰
海平面上地平线上，升起的光芒有时一样

波涛，让漂流者拥有家园的幻象：
数一数，沙漠模仿出波澜的起伏
数一数吧，手中的漏掉的节拍

如今，水成了另一种嘱托
时间，却像一根不知时间的杠杆
在风浪上寻找着它的锚

桉　树

生长在西部高原的树，也在盐滩生长
每一棵桉树都让红土地更加干涸
就像我——
一个渴水的异乡人
小心翼翼蹚过淡水的眼窝

桉树摇动着树叶里的淤泥
吮吸中，饥饿感带来清醒
——永远也不能将大海视为故国

雄性的枝条，向更广阔的风景寻求繁衍
穿行中，不曾孕育的海岸分娩着咸水

如今，我已能从碱块中听出贫穷与偏僻
一种属于高原的、母性的忍耐让桉树镇定下来

我经过了桉树从未去过的野地
那里，它们的同类正贪婪地需索着水分
人们砍下它的焦渴——
这没有故乡的形体，水的避难所

桉树紧紧攫住的沙土，被装进行囊
向另一片大洋，倾倒
那里，没有人会留意桉树的模样

祈 祷

时间一到，人们就为潮水打开窗户
听他们谈论收获，谈论深渊
风暴让他们生育风暴；黄金让他们到达黄金之国
不具备的美德使他们安静——

我只用诗歌叩门
请不要应答，那些世俗的荣耀
那耗尽我昨日的少女
祭司一样的阿芙洛狄忒

失踪的名字，刻满礁石
呵，丘陵、沙漠、洞窟中的神灵再也没有回到这里

谁坐在冰冷的房间里写字
——时间一到,她的身上泊满船只

过　客

我曾和不同的人,到过不同的海域
海是过客,海是独白
所有倾心交谈或言不由衷的时刻
海水托举着一座圣城、一面哭墙

人们走在前面,海和秘密有关
像雕塑一样渴望不朽,像沙砾一样不断流逝
世人的悲泣,只不过往水里加一把盐
那咸味的海的心脏,一遍又一遍稀释着他们的苦难

漫不经心的时候,海的身上爬满了巨鲨
牙齿敲打着岬角,迫使人离开未知的恐惧
我曾在不同的岸上走着
我的旅伴,正像我的过客
一边踢打着浪花,一边保持着动物的警惕

蓝宝石

印度洋上的宝石——
人们称它为"臻于完美之物"

我曾爱过一个普通海滨小镇的平静
那里,宝石只不过是时间的另一个名字
所有珍稀,都来源于干涸
海水,在令人疲倦的涌动中
贡献了可供反复打磨的光芒

我曾拥有无法被估值的快乐
在石质的印度洋上
有人用希伯来语教我说起它的名字——
语言,是另一种古老的珍藏

郭辉作品选

郭辉，60后，湖南益阳人。作品散见于《诗刊》《星星》《人民文学》《中国诗歌》等。著有诗集《错过一生的好时光》《九味泥土》等。

石头记

与石头相处久了,总会
听到其中一块开口,授以处世之道
——要学会忍耐
从另一个世间过来的都知道
暗而又暗,久而
久之的,往往会成为圣典
还有那么一块,仿佛
不耻下问,总想从锤头的击打声里
寻求修身养性之道
不久它就开悟了,有了
平常心,有了辞理——
裂纹恰如闪电,尽可随遇而安
也有一些边角料,形状各异
一副副不得志的模样
嘟嘟囔囔感慨——
世道无常,世道莫名,什么时候
能来一台永动机,先把我们
粉碎了,再凝于一处,竖起来,成为——
时代不朽的纪念碑

菩萨蛮

有自己内心的安详
讨厌暴力！但一柄为铁石心肠
所驱动的锤子，已然
举过了最高的限度，就要狠狠落在
必然的痛点之上
无法躲避！那就提醒
血肉之躯，再硬朗些，再高贵些
在粉身碎骨之前
或可一叹，叹世上可叹之事
或可一笑，笑天下可笑之人

春雨辞

来自于无我之境，集天地心
于一身，于一己之慷慨
最倚重白，半径是纯，直径是洁
从不选择落点，在江河
为水，在草叶为露，在石头上为一吻
若恰好掉进花骨朵里，就是
色彩和祝词。那一日不偏不倚
滴入一群燕子的啾唧之中

使整个春天的嗓门
都亮了，都透了，唱开了，唱大了
东风醉，万象生……

整容术

要卸，就从我的骨子里
卸掉火石。我的皮囊挪空之后
已不适宜燃烧
还可卸下的，是一声
叹息的末尾，走犹未走的痛
和一点良性罗曼史
要不就卸除手指
对这世界肤浅的抚摸
触觉多么粗糙，削减了感知
更好的，是再一次卸除
我的浮生之光。如此，黑暗中的
无间道，加上一损再损
才会趋于完整

抵　达

半夜醒来，要重新进入美梦
是徒劳的。但噩梦的断口，却常常可以

衔接。中枪之后，必定会
又一次被追杀逼上悬崖，退无可退
我们可怜的身体里，都藏有
超越本性的容器，敲破了
不可能再完整，只可以锤打得更烂，更碎

桃花劫

暗里藏刀，一出手，利刃无形
却在朗朗乾坤，浩浩虚空
砍杀出火，砍杀出血，横扫千军如卷席
其实夭夭，其实灼灼，俱为佳人笑靥
盛满了美丽的毒
浓可煽情，烈可焚心，清可销魂
叫深爱浅爱重爱轻爱大爱小爱
每一款都百转千回
前世的蛊？来生的约？抑或现实报
一瓣一瓣飘落的时候
粉红的疼，会是谁注定的劫数？

敬　畏

要让石头发声，那些话语
令大地沉默

硬性的词，带着
火药味，与虚构一决高下
铁是感叹号
木是分割符
都站着，认所有的叛逆者作兄弟
多少次从石头的骨子里
承接同音字母
然后扩展，仿佛是走出了迷宫
石头的发言权，从来
有想象力，有大空间，举重若轻
它所直抒胸臆的
正是我们，对这个世界
默无一言的敬畏

铁砧辞

甘愿逆来顺受。其实
一身都是骨头，一身硬！心气更硬
有嘴，任大锤子小锤子
频频敲打，却从来
不屑于喊疼。还有一支尖尖角
像大拇指，翘翘着，表明有主见，强硬，锋利
却无欲，无求，无惑，无争
敢为神灵的膝盖
傲傲然，决不下跪，只做钢铁家族的
垫背！一辈子

默默锻造用于切割,耕作,收获的器具……
待到皮磨肉损了,一蚀再蚀了
就猫到柴门后,锈成一堆
化不开的旧光阴……

惯　例

那站着,而不行走的
是对天对地的一个孤证。比如
一棵树,一块碑石
或者是流水中的一只桥墩
广场上的一根旗杆
他们都各自活着,各有各的活法
而且都毅然背叛了
仿佛无所不在,却又无可无不可的死亡
许多年一晃而过
太阳依旧照耀。它们身下
那些原地旋转着的无血无肉的影子
在某一个正午或者傍晚
竟突然有了痛感
而且,痛不欲生——
人间辽阔,为什么哪一个惯例
都不可更改?

杨河山作品选

杨河山,1960年生,黑龙江人,现居哈尔滨。2010年开始写诗。著有诗集《残雪如白雏菊》《凌晨两点》《有人演奏》《我只能是我》。

从前或者今天

靠在墙上的那个行动迟缓走路跟跄的老人，
从前是男孩儿。另一个老太婆，
从前是女孩儿。他还爱她，她也爱他，
但爱是什么？他们的眼睛
从前是明眸如今是枯井，他们空洞的咳嗽从前是歌声。
街上的老树，从前是翠绿的新苗。
今天的田野从前是荒原，
荒原从前或许是汹涌澎湃的浩瀚海洋。
花畦中的雏菊被大雨淋湿，
从前或许是铁灰色的石头而今天是花朵，
天空中飞翔的三角形的鸟，
从前也这么飞，但或许只是它们梯形的影子。
街道上的汽车从前是自行车，
三轮车，四轮马车，我曾在早期纪录片中
看见它们行驶，马车上的人，
从前是旅行者，今天是幽灵和鬼魂，
他们仍在旅行，在我们
永远无法得知的地方。古老的建筑，
从前是沼泽，今天是废墟，
废墟里燃烧的灯火不是今天的灯火。
时间流逝，今天的我
早已不是从前的我，从前的我是我父亲，
父亲的父亲，他们经历的

苦难从前是苦难,今天是更加深重无法自拔的苦难。
乡村变成了城市,城市变成了
特大城市,特大城市最终会不会变成沙漠?
雨和雨从前是雨今天仍是雨,
或许还是一场漫天大雪。
(大雪始终覆盖着我们的前世与今生)
星空还是从前的星空,
我们认识它吗?浮现出无数昨天的星星,
昨天的星星会是什么?
它们燃烧,眨着眼睛,发出璀璨的光,
似乎预示着一场毁灭的发生。

草　丛

太多的舌头。不是牙齿。没有牙齿那么坚硬,
而是柔软的。绿舌头舔着空气,
流出黏液,还有许多黄舌头在风中摇晃。
但我始终没有想出是谁的舌头,
一个巨大的头颅埋在地下?舌头滋生出来,
摇晃,喝着雨水,并散发出腥味,
有时候还吹成口哨,当一只山羊在上面小便。

动荡的前奏

从远处看，海就像一面蓝色的墙，
绘着花纹。墙上发光的地方，
晾晒银子。整个下午他望着远处，
感到其中有静默的巨大存在，
但这只是假象，他知道。
只有当他来到了海上，
才知道海是什么。他起伏，颠簸，
一会儿上一会儿下一会儿左一会儿右，
这时候才会发现，其实海
从来没有一处平静。以往那个看过的
一动不动的海其实是假的，
无需证明，它的深处有最狂暴的波涌，
就像我们的内心貌似宁静，
但永远波涛起伏，刮着猛烈的风暴……
他特别想来到海上，
因为如果想了解大海只有来到海上。
对于诗人，大海始终是
危险与诱惑的所在。当他在怒涛中起伏，
想起并且怀念那巨大的静默，
他认为，静默仅仅只是动荡的前奏。

杨河山作品选

乘红色火车驶过积雪的平原

到处都是雪,太多的雪,
覆盖一切的雪,
一片白茫茫好像铺天盖地的巨大悲伤。
我眼中那些白色的村庄
纷纷掠过,以及墓地,
那是另一个村庄,
其中有某种广阔的寒冷与深邃的寂静存在。
我想凭借这列红色火车
快些离开这里,
整个下午我几乎什么都没有做,
始终从车窗朝外面看,
不时陷入回忆。火车行驶,
我发现再辽阔的悲伤其实也有它的疆界。

缺失之美

之所以缺失成为一种美,
因为它缺失。
完满也是美但缺失更是不可思议之美。
帕特农神庙的石头雕塑

在岁月时空的缺失中矗立，
断臂的维纳斯，以及一弯明媚的残月。
有一天我在寒山寺
读到了一个石碑，上面漫漶的文字，
令人想象都写了些什么。
所有缺失的艺术都令我着迷，
西安的那支地下军队，
本身就是缺失的典范。但我所说的缺失
并非仅仅只是实体，
而是精神，意识，或者某种缺失之后
随之而来的广阔深邃的想象。

月全食与火星大冲之夜

这样的夜晚，比以往黑暗了许多。
周围的每个人都变红了，
面如赤炭但牙齿是白的。
一只野猫唱歌，也许两只或者有三只。
摩托车莫名其妙自己发动了自己，
不远处某个房间里，
有人吟咏伟大的诗篇。
我走在中央大街的石头街道上，
不说话，不认识任何一个人，
只是随着红色的人流如洪水涌入这条长街。
月全食与火星大冲之夜，
不明的光照耀，

死去的人与此刻仍然活在世上的人，
全部被这种红色的光照亮。

震 颤

星星跳跃。我跳跃。我们一起跳。
那些散布的小光点，伴随着我
的步幅，发生千百万甚至亿万光年之外的
局部震颤。并非因为欢乐，
或悲伤，只是跳，以河面上那些水泡升腾的方式。
它们的震动好像与我相关，
星星跳跃——我跳跃，以我为中心，
整个蓝黑色的夜空在旋转，
有些东西在塌陷，
（似乎有碎玻璃的声音，
钻石璀璨的折射以及河水的气味）
其实就是我的内心发生了震颤，
如果我倒立，甚至可以让整个宇宙发生倾覆。

梦天岚作品选

梦天岚,1970年生,湖南邵东人,现居长沙。作品散见于《人民文学》《诗刊》《中国诗歌》等。著有诗文集《羞于说出》《比月色更美》等多部。

年嘉湖诗章

1

当我在键盘上敲出"年嘉湖",水波就会
在屏幕上漾动。濡湿的灰尘也随之消遁,
尚未远逝的年华亦不再堆积,它们结伴漫游,
只带动轻风。我会准时出现在五月的堤岸,
与香樟和垂柳站成一排,以便立此存照。
逆光中,不远处还有从不言语的月桥,
当着阳光的面,它的孤傲会分泌出石头的蜜。
一对情侣刚刚经过那里,他们在桥头有过的缠绵,
如同没有刻下的浮雕。让人想起看不见月亮的夜晚,
湖水从桥下经过,无声地涌动,总是怕惊扰什么。

袒露不能代替荒芜,遮蔽和等待也不能。
如同一个专注于眺望的人,笔挺地站在那里,
谁能看到他内心的荷塘,始终占据湖的一角?
放眼望去,绿被铺满,荷叶上水珠摇荡如星辰闪烁。
每晚步行至此,我总喜欢在一旁的排椅上多坐一会儿。
木质的排椅,历经风雨的点化后变得灰黑,柔韧,
想必人心也会如此。光影幽蓝,唯有夜虫的鸣叫,
与之呼应。那唧唧声或单调微弱,或激昂高亢,
在湖水轻拍堤岸的节奏里,荡着未知的秋千。

2

荷塘过去一点是一个叫"爱情圣地"的小岛,
要经过一扇门,一条石径,还有一座小桥,
三面环水的尽头有一条石凳,在树荫下习惯于等待。
早到或迟来的爱情,能在这里听到湖的心跳,
还有不知名的鸟鸣,声调的婉转里有湖水的清冽。
荷塘的左手边通向另一个小岛,有沼杉夹道相迎。
这让我想起冬天,掉光叶子的沼杉只剩下枝干,
"多像倒立的鱼刺",时光从未改变贪吃的本性。
再往前走有一座三孔桥,中间的孔比两边的大,
快艇经常穿过那里。岛尖上有一座亭子,
偶尔会碰到拉二胡的老人和唱湘剧的大娘,
他们坐着或者站着的神情里有年轻过的岁月,
那是另一个湖,在不一样的风云下激荡过,
即使是现在,他们也不想让它平息下来。

桥的这头,一群练瑜伽的姑娘有备而来,
她们着白色练功服,在桥的阶梯上分立两排,
曲线本就玲珑,她们是各种形态的湖水,
起伏不定,大多怀揣着恣意流淌的愿望,
经横跨湖面的风雨长桥,穿梭而来的游人纷纷侧目,
不再年轻的仿佛看到再度年轻的自己,
正当年轻的仿佛看到可以更好的自己。
我只看到美,除了年轻需要像波纹一样扩散,
还可以凝聚,让美还原成饱满欲滴的样子。

3

"这只是一个人工湖",但美并没有失去它的弹性。
那些坐游船玩耍的人陆续靠岸,在途中,
他们曾遭遇到事先设计好的暗流,但有惊无险。
湖岸边停满各种游船,米老鼠、唐老鸭、鹅、小丑
……立在船头招徕游客,因阳光和风雨的侵蚀,
它们身上的色彩变得恍惚,被波浪推搡,
像一颗颗烤瓷假牙,在磕碰或咀嚼着什么。
与波浪相对应的是天上的鱼鳞云,几只水鸟在飞翔。
它们忽高忽低,忽近忽远,模仿它们的是几架无人机,
"嗡嗡嗡",站在亲水平台上遥控的人也在遥控噪音。
无人机打着滚,在空中翻转、坠落,又突然上升,
泡沫塑料构成它们的骨架,不至于沉入湖底。

七月的黄昏浮在湖面上,一抹红色的亮光,
像淌血的刀伤,当它快要愈合,
树上的蝉鸣又起,密集如另一片湖,
在微风中晃动得愈加厉害,只是看不见波纹。
暮色四合,湖岸石磴上的铁链似在蝉鸣声中勒紧,
像人们脑中的绳子。你并没有因此瘦下去。
你如此清醒,细数着人的脚步,很多想法也随之而来。

4

是凌波的仙子。那水中央,偶有激起的响动,
恍若鱼之跳跃,不再寄望于高蹈之举。
若沿着你的东岸行走,一路会有柳丝拂面,
一尊美人鱼的石雕在湖边静立,它低首含眉,

表情哀伤，透过沉思仿佛可眺望远海的岛礁。
但它不得不将自己一半交给湖水，一半交给烈日。
只有专注于内心的路人，才让各自的死水有了微澜。

他们行走，烈士陵墓逸出的英魂不知是否跟在身后。
透过树的浓荫，黑瓦白墙的檐顶零星显露，
"杨福音艺术馆"与新开不久的"食膳包子铺"毗邻。
当饥饿游往更深的水域，艺术也是，简笔画中的鱼，
在空白中以水墨的方式隐匿。我曾在某个雨夜来到这里，
我不是一尾鱼，但怀着双重的饥饿感在孤独中潜游。
或许我只是一个内心充满战乱的人，失败多于胜利，
每当冬天还没到来的时候，我怀里的秋天已然萧瑟。

5

右前方不远处的游乐场经常传来孩子们的尖叫，
他们把期待已久的惊恐交给海盗船和过山车，
快乐像是受到挤压，变了形。我跟着失声喊出，
时间并没有停下它逝水般的身形，而是在你的身体里
不断地转圈。我是不是应该把我的焦虑给你，
可我只有冷却下来的灰烬，任风的手指抚弄。

每天傍晚，我会夹在散步的人群中绕着你走上一圈，
偶尔会看到快要坠落的太阳，光线从高楼的顶端
斜射下来，烫金的水面像是得到上天的加冕。
对于身处异乡的我，这感到慰藉的一瞬总是挥之不去。

6

可我只是个仰望者，一直在等待奇迹的出现，

但不是为了得到什么,除非看到也是得到的一种。
众多的缺陷已让我安心于命运的捉弄,
偶有起伏,也只是让我的湖更好地回到地面。
像你一样,在无须等待的雨季让自己变得充沛,
我来或不来,又有什么要紧。来,不会惊动什么,
就连离开,也会悄无声息。时光,记忆,倒影,
当实体抽离,一切的过往都如同虚幻。

你的水波也从未牵动过我的衣袖,挽留是多余的,
你知道我还会再来,没有遗落就谈不上找寻。
我的遗落只跟一条叫邵水的河有关,连同那里的村庄。
那里的人我已不记得他们小时候的样子,他们却记得我。
当有一天我回到那里,邵水河一开口就叫出我的乳名,
它那失而复得的欣喜让我满脸羞愧。我遗落了什么,
又是什么将我遗落,谁又在执意地将我找寻。

7

这么多年我一直在找寻自己。那可能和未知,
该有着怎样的水面。那水面之下又有着怎样的深意。
年嘉湖也在找寻,它的东面就是跃进湖,一堤之隔,
却注定不能相见。我熟悉它们之间的陌生,如同熟悉
那些和我擦肩而过的陌生人。我们有着类似的湖水,
日复一日地晃荡,这足以说明找寻的盲目不如等待。

我还在等待什么,奇迹真的会在上空出现吗,
那"烫金的冠冕"又将如何假借上天之手。

等待也是盲目的,有一种降临从来都不会降临。

年嘉湖摊开自己，只为接纳日月星辰的眷顾。
我摊开双手，是为了接纳失望和由来已久的孤独，
除了自己，我再也没有什么可以遗落。

8

那些原本属于我的诗篇，我不会私自占有。
未完成的，仍在孕育之中，也终将和盘托出。
当我再次在键盘上敲出"年嘉湖"，这些文字
会在秋天的午后闪现出粼粼波光，而汹涌
在那不被人知的地方。倘若有一天我不得不离开，
尽管能留下的并不多，但别问我将带走什么。
即使我能带走的，总有一天也将回流到这里，
那驻足湖畔的身形会再现从前的欢欣和落寞。

9

但并不意味着你我不被时间带走。固守是如此艰难，
像你张开的双臂，用一个并不规则的椭圆形将自己抱紧，
我也将双臂张开，但我的怀抱太小，
面对这个无法拥抱的世界，我只是一个被接纳者，
让自己跟你一样，成为一个湖，一个不能再小的湖。

以一条河的轨迹回到一个湖，这是我的宿命。
若干年后我将痴迷于此，在湖边垂钓不用担心罚款，
在夏天选择自由泳，靠在任意一棵香樟树下静坐到天明……
甚至和时间共谋，隐姓埋名地苟活，
或者，等一首陈年的诗歌来将日渐苍老的我认领。

每天清晨，我将在我的湖里看到自己的原形。

卢卫平作品选

卢卫平，1965年生于湖北红安，现居珠海。获《诗刊》2008年度优秀诗人奖、《草堂》2018年度实力诗人奖等奖项。出版诗集《异乡的老鼠》《向下生长的枝条》等多部。

书房装修

我的书房已年久失修
墙壁的斑驳,近似我在书中
读到的沧桑。变形的书柜
让摆放整齐的书凸起或凹陷
像我脊背微微弯曲时
我诗歌叙事方式的改变
调光台灯随夜的深浅
变换我心情的明暗
我的书房已年久失修
读一本新书,我会在书房
来回走动,我身影用不同的图案
在墙壁的斑驳处贴着墙纸
出版一本诗集,放在离
博尔赫斯全集五米远的书柜里
从这时开始,一种书房按自己
设计诗集封面的构思
翻修一新的感觉
会持续到下一本诗集完成
印刷前最后一次校对

焚　书

总有一些书
是用来焚烧的
它发出的火光
照着我
在暗夜
读另一些书

熬

你在熬汤
我在熬夜

失眠的文火
将黑夜的海带
在骨头的沸腾里
熬成黎明的汤汁

词语的盐
在诗银色勺子里
有多精确
才是我们共同的口味

处理一只烟头的三种方式

不要掐灭烟头
掐灭烟头不会让长夜变短
不能让你的孤独熄灭
不要用水浇灭烟头
让人万念俱灰的不是苦痛
而是苦痛过后的一声叹息
让烟头保持它在烟盒时的姿势
躺在烟灰缸里自己熄灭
像一个看清事物本质的人
在灰烬中找到复燃的词

废弃的铁轨

废弃的铁轨上
走着迷途的诗人
没有老火车开来
没有轰鸣的汽笛回响
荒草弥漫的河谷
夕阳在远山的眷恋中
渐渐淡忘了他瘦长的背影
暮色随纷飞的银杏树叶降临

没有人想知道
诗人要去向何方
没有人会追问
诗人将寄宿何处

星星的乞讨

大地上的人啊
我要眨多少次泪光闪烁的眼睛
我要在你的楼顶默默守候多少时辰
你才能熄灭你疲惫的灯盏
给一颗颗寒星
施舍你仰望的目光

事物的梯子

词语沿着事物的梯子
到达意象的峰顶
修辞沿着事物的梯子
探寻意义的洞穴
一首诗,升腾或沉降
都有一把事物的梯子
像雨停了,云散去
天空睁开蓝眼睛

我参与了大海的弹奏

没有人能在沙滩上
将黄昏的脚印留到天明
住在海边的日子
我每天黄昏都到沙滩上走走
我留下的脚印
是大海长潮时
波涛在沙滩上要寻找的琴键
我参与了大海的弹奏
我听到的涛声
总是美妙无比

城　堡

我只在大海退潮时
在沙滩上修筑我的城堡
我知道，大海会在涨潮时
带走我的城堡
但我乐此不疲
我爱大海
我愿意波涛每个瞬间的骄傲里
有我一生的徒劳

青小衣作品选

青小衣，70后，现居河北邯郸。作品散见于《诗刊》《钟山》《作家》等。获《诗选刊》年度诗人奖。出版诗集《像雪一样活着》《我用手指弹奏生活》。

与另一个自己较量

只要有光,就能遇到另一个自己
一个小黑人儿。有时她靠在墙上
站在光里,成为墙的一部分
是我,或者不是我

我扑在她身上,想把她救出来
可我始终不能。她模仿我
又拒绝我,一次次
生生地从我身上剥离

可以,不可以

水是可以断流的
无非是静止成死水,不再有浪花
波纹,和流动的快感
阳光拍打也不动,星辰,月亮掉进去也不动

泪与血液不可以。停歇只能是暂时的
就像笑和哭,像春天
雨是必须的,风也是,云也是

体内的汁液,不兴风作浪
不卷成千堆雪,就会枯成荒漠戈壁滩
连死水都不是,连石头也不是

暴雨,电影及衣服有感

1

暴雨将至。我要出门
抓起伞,突然想抱一下什么

屋子里
确实没有什么可抱的

我打开衣柜
抱住架子上挂着的所有衣服
像抱住很多不同的自己
睡衣上
还有我的体温

2

冲出门,那么多雨来抱我
风把它们送进我怀里

有一个雨点跑进我的眼里
在雨中,我揉着眼笑了

雨越下越大
扔下伞,我把所有亲近我的雨水
抱在怀中
它们透过衣服
做了我合体的内衣

3

如果此刻
你来抱我,我就带着雨一起沦陷
在你的怀里

让你的手,成为另一种雨

我怀抱火柴走在黑夜里

每一个黑夜都有迷路的可能
风高路险,我藏好火柴
摸黑前行,小心迈着步子
一点一点,从夜的隧道里安全走出

也有走不下去的时候
害怕,恐惧,甚至绝望
也想擦燃一根,反正有一盒呢
可我每次都放弃这样的念头
我喜欢盒子里,那满满的感觉

如今，夜黑如漆
周身都是悬崖。我捧出火柴
满满的一盒，我能想象那一片火光
多么炫目，耀眼
可我一想到那火光
就开始流泪，泪水就打湿火柴

我站在悬崖边，攥着一盒湿火柴
不知道跳下去，与火俱焚
还是摸黑继续走，等着下一个悬崖

雨 中

云从山后飞过来，风斜着身子跑
金翅雀带着颤音，婆婆丁舌片暗黄
我们从合欢树下出发

山河梳妆。隔着湿漉漉的车窗
看到的都是流泪的脸
万物之灵，激动的，幸福的，悲伤的泪水
正夺眶而出，冲洗着尘世

被雨水淋湿的人，正在接受神的洗礼
灌顶之水，仿佛换了人间

杏花村归来

其实，我想一整夜
跟你碰杯。在没有杏花的夜里
雨，是神仙没喝完的酒

我们替神仙喝。这上天赐予的琼浆
你喝一大杯，我喝一小杯
你喝多少大杯，我就喝多少小杯
我们把所有的雨都喝完

如果，天还不亮
我们就接着喝月光
你喝一大杯，我喝一小杯
你喝许多大杯，我喝许多小杯
我们把月亮也喝光

如果还没有醉
我们就喝彼此的身体
你喝一大杯，我喝一小杯
直到你把我喝下去
又喝下剩余的那部分自己

津渡作品选

津渡，1974年生，湖北天门人，现居上海。著有诗集《山隅集》《穿过沼泽地》《湖山里》，童诗集《大象花园》，散文集《鸟的光阴》《草木有心》等。

泊橹山

夜晚,一根松杉
重新升起月亮的白帆。
整座山像艘巨艇,在大海里疾驶
不知何去何从。
在山顶枯坐,我心意萧索。
那么多白色的、黑色的,海浪的声音汇集
仿佛正在呼喊鱼群聚拢
而星子们,含着微茫的光线浮游
越来越远。
我想起一个贩卖私盐的汉子,曾经
也在此休憩,钱塘王国
肇始于一根扁担和一对箩筐。
为什么我这样干渴、饥饿
却只想感受到生命的流浪和荒凉。

獐　山

山上,不知山下的时光。
那惊惶跳起的小动物,转瞬不见。
而青苔,惯于把鹿道上的蹄印掩盖。
黄昏,我在木屋里趺坐

细小的尘埃
无法左右自己,因为光柱的消失而遁于无形。
我先是听到了整座山的空寂,树叶的凋落
然后,才是水壶里的沸鸣。
星云汹涌,在无边的夜空里展开
宇宙忙于自身的建造与毁坏
并不怜悯任何孤单的个体。

麂　山

一年之中,山道上流泄的风时缓时急。
太阳数次变更,回到初始位置
而月亮每每在荒野上踱步,照样能够
准确无误地投宿水井。
一次呼吸像埋藏在雪底那样漫长,山峰
转眼在绿色里复活。
这是格外开心的一天
你采摘鲜花,收集野果,在山道上追赶小动物
目送倦鸟归巢,生命如此挥霍浪费
却不因此增加特别的意义。
无论我多么贪恋现在的生活,无论是
美的,无用的
在时间的长镜里,都将会有一只手伸出来
讨回全部的生活。

狮子山

而此时狮子走下海滩
鬃毛在水面上翻卷
它将和恐惧的深海之物对峙。
泡沫中,拍打上岸的红色凉拖
使人想起撕碎大海的布匹
鲨鱼的牙龈。
那尚未熄灭的柴堆
沙子的城堡,一连串的脚印
让人陷入更深的绝望。
对大海而言,洋流裹挟海胆与贝壳
风云与星月
所有的日子,都是吼叫的日子。
从天空往下看
漩涡里的山峰太小啦,不过是枚
急速旋转的小陀螺。

北木山

云朵像是赶考的秀才
行色匆匆,要到峪口的石城里投宿。
野菊花,这样消瘦的修行者

沿着小路继续上山
杯盏里，擎着夕光的流转。
我孤身一人，在北木山山隅静坐。
秋天，该开花的继续开花
该落叶的落叶
如果这些就是天空送下来的神谕，那么
我将在心底唤醒自己。
宇宙，一个混沌的巨卵
在暮色四合中沦落聚合，忙于它自身
纷繁芜杂的拯救。

南木山

不觉间走到山的尽头
道路迷失于身后，藤蔓的缠绕。
石壁上青苔点点，随着日光的移动
因而晦明不定。
新松昂扬，云袖不断拂荡天空，而柏木垂老
淡然入定。
返身回来，我一无所得。
这世界上，只有风畅快自由
任意到达每一个地方，只有平地上才能搁置
平凡的生活。
你看，一畦的塔菜
已经建造到第七层楼。
房子、牛栏，树杈间的鸟巢，还有新修的

通讯信号塔
都希望在日光燃烧中焚为灰烬。

隐马山

浓雾像马群一样
在山谷里涌动。
每一次,阳光巨大的石头落下
将它们四处驱散,又无声合拢。
从谷口里走出的河流,像段即兴的小调
在平原上,身子俯得更低。
远处,是两行掉光叶子的白杨
黑白两色里的农房。
不经意的风景,安静得像幅画
看起来,会有一个美妙的人生。
而业已收割完毕的田野,风继续扫荡土坷垃
麻雀、乌鸦,还是灵魂什么的
只有扔下的,一地鞭子似的干稻草
领受寒霜,对天空无言。

黑陶作品选

黑陶，1968年生，江苏宜兴人，现居无锡。1990年毕业于苏州大学中文系。著有散文集《泥与焰：南方笔记》《烧制汉语》，诗集《寂火》等。

泡桐花

江南旧屋顶上的泡桐花
它深紫色的分量
会吸掉
暮春黄昏
母亲和我走过的声音

那不计其数的、起伏的家乡旧屋顶
在暮春的黄昏
在一张掉漆八仙桌的
孤寂中
就要展示：星空的古老和馥郁

父子记事簿

一只阁楼上的碗
饮下
乡镇一角春天的阴影
风总是吹干
潮湿、歪斜的石头河埠
桥头浴室里
腾腾的白雾

模糊我
也模糊父亲的话语和肩膀
绿漆小轮船
沿着内河的黄昏
消失在镇外广阔浓郁的菜花深处
星辰
年复一年
准时在童年的天空漫步
世界如此广阔
而这对父子
浑然不知
他们微小的、散出淡淡肥皂味的
身影
拐出黑暗镇街
擦着发烫的、永远暗沉沉的烧陶火焰
走向
古老夜幕中的家

我度过了童年所有的夏天

父亲提水倒入水缸的时候
家
会像河上的一条船
微微晃动一阵

永不熄灭的星空

有着
火焰的透明和宁静
——在那里，我度过了童年所有的夏天

楚地琴弦

湖北今年最早的秋风
吹过我

这场
吹过屈原、吹凉楚地的秋风
在今年，又已经最早拉响
长江这一根
青玉色的，裸露琴弦

秋

世界如此广大
感谢家乡
已经褪去我身上
顽固的燥热

坐一张结实的小竹椅
平静而幸福

我看见风
吹过乡镇的星空
初凉的秋
童年般如期而至

在遥远夏天的河流上

光滑的书院青石板
聚有
盛夏的幽深
与阴凉

童年
父亲滚动发烫大缸的
瘦小身影
被白色的太阳光
葵花般燃烧

正午,永远那么炽热、荒凉
乡镇载着我
在遥远夏天的河流上
如一叶内部黑暗的舟
漂浮向前

金黄色的稻田

金黄色的稻田
一动不动
只有一棵树的孤独阴影
从上午到下午
在浓郁的金黄之上
缓慢地、寂静地移动
像一只
有着纤长细脚的
灰黑神鸟

墨　迹

群山的呼吸里
青石祠堂
似乎
缓缓上升

我还未找到今晚的住宿地
我此刻的头顶
繁星点点的夜空
墨迹未干

杨梓作品选

杨梓，1963年生于宁夏。参加《诗刊》社第15届青春诗会。著有诗集《杨梓诗集》《西夏史诗》《骊歌十二行》。主编《宁夏诗歌选》《宁夏诗歌史》等。

树　殇

一棵树倒下来，倒下的树枝
碰断身边的树枝，空地上一片怒放的花
被砸进泥土。又一棵树倒下来
树上的鸟巢碰到兀立的石头
巢里几只黄嘴的雏鸟被鸟蛋淹没
一群树倒下来，排山倒海地倒向西方
锯断的树桩上露出大地的根，仰望着苍天

夕阳西下之后

夕阳西下，晚霞由红到灰
被涂黑的山冈有些朦胧，地上的雾气
缓缓升腾，白天经过的小树林渐趋隐约
眨眼间，小溪不再明亮
偶尔传来的鸟鸣也有些昏黄

闭上一会儿眼睛，再看天空
似乎一下子就完全黑了
黑得透不过一分一秒的跳动
除了几颗被挤出来的星星，什么也看不见
除了很轻的风拂过脸颊，什么都没有了

连我也没有了吗
山冈，树林，小溪，它们还在吗
如果在，怎么看不见
若不在，明天怎么还在原来的地方
只是不知道原来的样子有无改变

篝火晚会

当夕阳西下月未升起星未点亮之时
天是空的吗
天有空的时候吗

天空的时候是一种四大皆空的蓝
一身凡尘的我
怎能看见天空空出来的蓝呢

只见月牙挂在枝头，星星探出脑袋
篝火已经点燃
乐声、歌声和掌声混在一起

夜深且静，远处传来奇异的鼓乐之声
还夹杂马啸、羊咩和鹿鸣
何处的篝火晚会还在进行

空出的蓝

越过原州的秦长城，在几个零散的院落之间
几棵白杨树使山坡更加倾斜

这片塞外的土地，曾被蒙古人的赤兔马
重重踏过。风把响声送到天堂

一大片胡麻从天上铺挂下来
正在开着蓝蓝的花，我仅仅看了一眼

夕阳西下，长风轻诉
血红的蹄印下，尽是盛酒的髑髅

小鸟飞过

在农家小屋，我好像在发呆
几乎没有听见羊群进院的声音
房门开着，挂着塑料珠串成的帘子
阵风吹过，叮铃作响，还吹开一扇窗户
放进一只鸟，我不认识
麻雀大小，好像有几种鲜艳的颜色
小鸟一直乱飞，碰到另一扇窗户的玻璃

我赶紧打开所有的窗,小鸟来了又去
也就一瞬间,留下一根羽毛和几声鸣叫
是因为寒冷、饥饿还是小屋的灯光
初冬的北方,黄昏已经铺盖下来

梦之所在

在艾丁湖的草地上,遥远的雪峰
隐藏了翅膀,把空间让给花蕊
把下午留给采撷

只是另一朵花的幽香惊醒了
蝴蝶的梦,还有湖边的这个房舍
曾在梦里反复出现

我跟着一群头戴花环的孩子追蜂逐蝶
涉过荡漾着金波的溪流,在草丛中
踩出鼓点,穿越时空的歌声穿越了我

渡　河

我要回家,等待一只船把我渡到对岸
河水流淌平缓,显得有些宽阔
一叶小舟或者羊皮筏子也能胜任

望眼欲穿之际，从上游的雾中
露出一个小点，渐渐看清是一艘小船
停在码头。一部分人下来
另一部分似曾相识的人向我招手
我有些犹豫，但还是上了小船
可我只是要到对岸，船却顺流而下

沈家泉

这是我生活了十八年的老家吗
那棵送我的大柳树不见了
涌流的沈家泉变成一个地名
麦穗被冰雹砸进地里
我的二哥蹲在地头
看不见喜鹊、燕子和麻雀的踪影

我走进村子，没有惊起一片犬吠
也没有碰到牛马和毛驴
门口的井还留着当年的辘轳
一把铁锁看守着水窖
家门大开，院里没有猪、羊和鸡
一条狗伸着舌头，懒得理我

南鸥作品选

南鸥,1964 年生,现居贵阳。获首届《山东诗人》杰出诗人奖、《诗选刊》2016 年度诗人奖。出版诗集《火浴》《春天的裂缝》《渴望时间的修饰》。部分作品被译介到欧美。

天鹅停下舞步,泪水砸向天空

如果,我明天死去
天鹅停下舞步,泪水砸向天空
一千个死结将抛向人群
悲伤,倾泻无辜的路人
街道和庭院,哀婉绵绵

请告诉那些风和云团
天亮之前,一定剪断我所有的消息
不要让那些花朵忘记开放
飞鸟返回黄昏,千万不要惊扰
那远方的孤灯

不要让新年,遗落
大红的灯笼,那些沙哑的嗓音
昼夜压迫着空气。不要让
天边的雨水,带着
太平洋回来

不要让一位诗人的死
成为仪式。不要让泪水滴穿记忆
不要让诗歌飘落黄昏
泪流满面,不要让时间
在诗歌中断裂

夜空梦一样幽蓝

夜空像梦一样幽蓝
月光无语,那些马头墙的瓦房隐去
而那些吊脚楼就要背井离乡
那浩渺的夜空,只剩下
两个人的呼吸

风越过千山万水
只听见星星,眨着两只眼睛
风吹动同一种方言
吹动两个人的夜空

青色的石梯渐渐模糊
河流孤身远去,月亮好像我们的庭院
古老的桂花树已经提前盛开

诗歌缀满夜空,而命运就像
从酒窖中醒来。当夜空成为命运的一角
一个意象就是我的一座村庄

依着这些古老的意象
我已经迷路。只有在一首诗中安顿下来
只有在一个词中挥霍余生

谁是谁的艳遇

告诉我,谁是谁的艳遇
谁在失忆的天空,打开隔世的阳光
那一柄风花雪月的宝剑
谁在暗恋,梦想用今生回报前世
谁又让一道亮光穿越古今
前世的剑在今夜狂舞

一剑穿心的姿势,惊落午夜
而啼血是另一种歌唱,是另一种幸福
如果今夜注定是一生的盛典
我愿交出所有的夜晚,就像天使
交出翅膀,就像蝴蝶
沿着锋刃,梦魇翻飞

伤口盛开另一种玫瑰

公寓的灯光渐次退进黑夜
我被黑夜吞噬,背影却闪动唯一的亮光
原来我是黑夜的歌手又是反叛者
原来,黑夜是另一种发光体

我知道，我粗粝的手指
割破了你的肌肤。也许幽深的伤口
盛开另一种玫瑰，我是让玫瑰
重新解读古老的词典

亲爱的，你应该知道
没有被风霜浸染的爱情就不是爱情
我是让鲜血昼夜浇灌和滋养
让玫瑰盛开时间

亲爱的，一束玫瑰的花语
打败了罪恶的动词；我一万年前种植的
玫瑰，瞬间盛开了大片的国土
你是皇后，我是国王
你就是病毒的原体

我以剑的言辞向你逼近

——致 MY

一万年前，我隐秘的火焰
向你靠近。今夜我以剑的言辞向你逼近
我的锋刃从你的身体一闪而过
魔幻的剑法才华横溢，如神灵指点江山
锋刃的言辞犀利苍茫，你的身体
瞬间盛开一万丈阳光

一场战争，在你紫色的唇片
蓄谋已久，十万伏兵在你胸脯昼夜潜伏
静谧藏着火焰，由黄色慢慢
变成蓝色。火焰卷起风暴又被风暴
吞噬，灵魂的叶片漫天飘零
惊落天空的云霞

其实，我只想倾听两个星座
撞击的声音。来自天外，来自同一个音箱
只想让灵魂的叶片昼夜盛开
千年的秘语。如果火焰卷起风暴
只想看着你从海底身披巨浪
款款地出浴

商震作品选

商震，1960年生，辽宁营口人，现居北京。出版诗集《大漠孤烟》《无序排队》《谁是王二》，散文随笔集《三余堂散记》《三余堂散记续编》等。

脆响录（节选）

1

有人说纸里包不住火
那一定是俗世的纸
我看到写满诗的纸上
都藏着熊熊火焰

2

东海岸和西海岸见不到面
可水底下的土地
是连在一起的
多像一场隐秘的爱情

3

乌鸦的嘴总是被冤枉
它在求婚时
会和人一样对配偶说
"我爱你"

4

睁眼就能看到群山之峰的人
自己就是太阳
看不清自己的人

自己的睫毛是阳光的杀手

5

深秋的树叶红了
那是叶子用了最后一点血
红过之后
就是黑黢黢的腐烂

6

整过容的人
像反季节的蔬菜
总觉得埋藏着
什么风险

7

失去花期落尽叶子的荷
只能向水低头
连印在水面的影子
都是一只不能飞翔的鸟

8

依水而居
用火煮食
火离不开水
人就生存在水火之间

9

雨落在我身上

水就死了
落进河里
就要改名换姓

10

柏林墙倒了
生长在墙两边的植物
混合在一起生长
很快就忘记曾经有堵墙

11

水很温柔遇到一棵树就转弯
水很倔强会把顽石击穿
而会转弯的水与穿石的水
并不是同一种水

12

头发白了我还是我
不敢喝酒了我还是我
不问人间世事了我还是我
不再爱了我是另一个我

13

心死了
我用肉体活着
像一块朽木
不理会春风来与不来

14

我从来不敢
轻视饥饿
因为一切生命
与生俱来的就是饥饿

15

我焦急地走,
要去一个陌生的地方。
可走的每一条路都很熟悉,
哦,我迷路了!

16

我一直在使用别人的时间
上班下班吃饭睡觉
偶尔找到一会儿完整的自己
也是仅够向自己道歉的时间

17

我伏在你的诗集上
只冥想不翻开
像轻轻伏在琴上而不弹拨
怕惊醒心底的乐音

18

一场激烈的冲突结束了
空气平和得像真理

而另一场更激烈的冲突在酝酿
那是绝对真理

19

我一直收藏着
你清水一样明媚的笑
多少年过去了
明媚已经是珍贵的文物

20

不想让你发现我和月亮对话
也不想惊动你那里的月亮
可是我一张嘴
你就在月亮里出现了

21

黑暗不是一只乌鸦
遮住我的眼睛
是成群的乌鸦
遮住了太阳

22

鸟的排泄物里有一粒种子
种子落地生根发芽
直至长成一棵大树
而这一切都不是鸟的本意

徐源作品选

徐源，80后，现居贵州毕节。中国作家协会会员。参加《诗刊》社第27届青春诗会，作品散见于《诗刊》《星星》《诗选刊》等。著有诗集三部。

青铜剑

河南曾出土青铜剑,两千多年仍寒光逼人。
——题记

1

月光、荒漠、寒沙。扒开铅一样的风
从狼群的呼啸里,取出剑魂,和青铜的叹息

一剑劈开混沌,眼睛里密布干涸的河流

独行的英雄,把路途踩弯,唱古歌
心中有无垠的悲怆
而我手捧荒草,蹲下身子
让江山跨下,碎石、乌鸦,月光铿锵
突然间,填满胸腔

天地太小,日月缓慢。胡须潦倒、挺拔
而我依旧热爱,一把剑
有着锋利的孤独,由两千年光阴锻造

2

剑即成,人不必活。牵鬼上剑

我的铸剑师从壶里爬出,以酒为马
纵身一跃,在炉里变成一缕凤凰

金属与金属碰撞,有了闪电

山重新排列,大地升高。大地有青铜一样的绝望
在狼的耳廓上,我跪下,忍受打磨
灵魂用黑暗雕刻文字。而雪山融化后
有毒之水,流淌至剑心。江湖逍遥

风萧萧兮,风剔掉了我身上的皮肉
剩下一堆磷,跳着寒冷的舞蹈

3

沙场荒凉。食马肉,饮狼烟
马的驰骋在谈笑间,十万八千里也不够
狼烟那么咸,让英雄有决死之念

草木皆兵,刺进大地,而我寻找碎裂的阳光
阳光粘在剑上,闪烁诡异
秋天浅了,尘埃深了
英雄的伤口,奔涌着细软
美人风骚,在怀里,江山不是谁的

欧冶子乎?干将莫邪乎?
曾与我有个约会
把剑格上的宝石,抠下,变成星辰
把剑身上的纹理,拓下,变成地图
把剑脊上的曲线,拉直,变成地平线

兽角、旌旗,车辙深陷。我还在途中

问剑,历史皆废墟,风沙抽打我
那么欢欣,就像擂击燃烧的战鼓

4

迅速、决绝。对峙或是一种境界,剑出鞘
抵达高悬的城,和酒杯里的倒影

英雄迎风,人剑合一
不见人,也不见剑
天地苍茫如幕,游龙细小,银针如织
在云层间穿梭,没有谁能阻挡
只有我心中,放荡今生情怀与悲欢

我曾经慕你的鹰胆,但我吞不下太阳
我曾经慕你的鹤魂,但我吟不出经幡
一把剑,有着与生俱来的愤怒,而我舔着薄刃
落叶停在肩上,竟有了欢愉

老朋友,我们继续饮酒,把一条江喝干
那么好的剑,不用来杀人,抚摸它的战栗
我们抖落身上的锈迹
而它,仍披着一条江,明亮的速度

5

悬崖、枯藤虬劲;孤烟、意念如钟
以血吻剑,血如瀑布,让沉思者悟不透
两千年光阴是一部哲学
江山再辽阔,只在一指剑尖

在岩石里，俯下身，我便听到青铜的召唤
我将归来，或归去
给我封印，烙在灯盏的瞳孔中
命如青铜，我在剑上奔跑，那么执着，如光
生生不息地流淌

一把剑有一把剑沉默的方式
一把剑也有一把剑嘶鸣的嗓子
为了那些无期的守候，为了那些永恒的赞美
我等待得太久，太久……

生炉、屏息、熔骨。用青铜打造我吧
佩剑的英雄，他已获取我心，从月亮上走下来

登鹳雀楼，临风而作

你以为登上鹳雀楼，灵感如鹳雀而至吗？
其实，无须吟哦，你就是一首绝句
可你永远也不会读懂它，如命运。
风吹进你的衣袖，吹进你的眼眶，并从你的身子里
溢出千年的光阴。你以为登上鹳雀楼
就可俯视大地吗？其实草木
一直在你内心疯长，并高过了你此生的悲欢

你以为登上鹳雀楼，就可随意

移动黄河了吗？其实黄河一直在你右侧
咆哮无尽的文明，它看着你，你是遗留的一粒沙
其实理想一直在你左侧，它折磨你。你以为
登上鹳雀楼，就是一束风了吗？
怀揣春色四处游荡，其实你已拥有自由
只是风，仍吹打你浮躁的目光和漫漶的呼唤

你以为登上鹳雀楼，你以为云朵便如音乐
降落在唇上了吗？历史便降落在唇上了吗？
只是风一直吹着你，吹走你的衣袖
吹走你的肉体，吹走你的骨头
风永无止境地吹，在鹳雀楼，你热爱
你的灵魂像一面镜子，干净得装下高远的天空

杨碧薇作品选

杨碧薇，80后，云南昭通人。文学博士。获胡适青年诗集奖、《十月》诗歌奖。著有诗集《诗摇滚》《坐在对面的爱情》，散文集《华服》。

哎哟妈妈

站也不对,坐也不对,万般作为都不对
从湿淋淋的梦里惊醒,他还贴着我的泳衣
两个人,靠在水上乐园的滑梯边,静止
晨起拨窗帘,满院子阳光晃如乱剑
新鲜的生活就在门外,扭开锁
谁知道谁会向谁扑来
哎哟妈妈,女孩子怎么可以
一次又一次犯糊涂
怎么可以坐上狂想的火车
看车窗外田野浩荡,细雪粉金,每一粒
都裹藏着春天的信息
哎哟妈妈,春光是个什么东西
让人热得头发里是汗,领口里是汗的
是个什么东西

过丹噶尔,偶遇昌耀纪念馆

这是最后的城,荒原的开端。时间
在这里发出小号般的尾声
汉语在这里走到终点

我也走着,这行走于我,是通向
一个离开已久的起点。我仿佛走回到
旧日的小学,墙上的招贴画斑驳而顽强
墙根处,野花从未枯萎。涓滴的
涌动从北冰洋传来,随潮涨起又湮没于
潮。该走的人早走了,戏楼铺着寂静的灰
但黄金的诗句和锋利的标语还在
同一空间共存,相互拉锯,或者遗忘

走到他面前停下,我指尖一凉,感觉到
那个孤独的灵魂消耗了太多的沉默抵消永恒
他曾经绝望,也曾在空气中牧养
不可能的白羊
而现在,雨落下来,针尖无穷尽
被针尖一点点扎着的大地无穷尽
天空无穷尽
我的四面八方无穷尽
所有的无穷尽中
只有短暂的事物闪烁着微光

远　行

越走越远,地球变成了一捧蓝水晶,一指尘埃,一粒
无中之无。
你回头,茫茫的无界溶蚀了
芊芊来时路。

它是谁？
谁走出了它的形状，
谁第一个走过，谁又是最后一个？
你是谁？
你要到哪儿去，谁愿意陪你走？

你曾在哪座城市的哪所医院啼哭，仿佛受了
天大的委屈。你曾在哪条街的老砖房里，
一张空白的A4纸上，写下姓氏的第一笔。
你曾在什么样的黄昏回家，撂下书包，洗手，
接过母亲递来的饭碗。
你曾买过哪些乐队的CD，品评过哪些诗歌和电影。
你曾喜爱多少衣裙，什么款式，什么面料，什么颜色。
你曾在哪个菜市场给予浮生最大的善意，
草鱼在水盆里自在，红的是番茄，白的是萝卜。
你曾与谁相爱，才领会再复杂的形容词也抵不过忘记。
你曾种植过什么，珍藏过什么，丢弃过什么，
遗憾过什么，期盼过什么，为什么笑，又为什么哭。
你抬头仰望夜空时，
曾把哪一颗星星，看作自己的避难所。

越走越远，银河系是消失在童年晚霞中的纸飞机。
当你放下一切愿望，发现身体已随着无我消弭。
无色，无声，无味，无念。
你的原子们沉默地爆发出翩跹的幽冥。
这才是永恒的，永恒是一片废墟。
在废墟之镜中，
野草漫过时间，救恩是细雨下春色荒芜。

北大的秋色

再过一段时间,未名湖就会结冰
被人们喂过的锦鲤,就会到冰下隐居
鱼和人,各过各的寒冬

这些都是下个月的事
现在我想说的是北大的秋色
它比京城任何一个地方的秋色都要深
也短得让爱美的人来不及有所准备
上周友人还在说,那棵最大的银杏树该转黄了
今天黄叶已落了一地
我走在这深重且短暂的秋色中
尽量放慢脚步
却并没写出心所期待的
那首困难的诗

空

仿佛是晚风安顿沙丘,你用手掌盖住我
不息的余热。我却已将你发射到河外星系
银光煊煊的小树林。
就在刚才,我与你,或是与神秘的力量,

协同完成了一次创举。

那是一场怎样的奇遇？秒针有着波浪式的奔腾。
在彼此的绝对信任与需要中，
蓝马踏着莲花将我的流星拉出体内，
整个天幕的星座都通了电流，游动起来。
突然之间，我不爱你了，也不再爱自己。
你是谁？我是谁？
爱是什么？你我本是一。
空……充满了我，
我忘记性别，忘记你我，忘掉一切。

现在，我的马匹回到人世间吃草了，
滚滚的浓黑也挤回我们的骨隙。
我眼里有泪，泪有一点儿轻风的喜悦。
我融入一种无垠的宽慰，
在那个世界，我们绽放，我们宁静，
我们自足，我们无。

蓝格子作品选

蓝格子,1991年生,现居北京。作品散见于《星星》《诗刊》《中国诗歌》《扬子江诗刊》《作品》等。

大海安静下来

这一次,我们没有触及海水
甚至没有去踩那些软绵绵的沙
阳光在水面上投射无数细小的波纹
是什么让大海褪去了之前的肆意
书本里描述的蓝在头脑中折叠成安慰
此刻,是灰色占了上风
你要接受一种真实,并非印象中的虚幻
日常在一次次交谈中显露出窘态
词语遭受到外界的鞭打
这么多年,大海中兀立的岛屿
也是这样日夜承受着身心分离之苦
更远处的山,总是不动声色地
看着它们汹涌、咆哮
或是低声哭泣
现在,眼前的辽阔与负重
让我几乎忘记了生活的悲伤
海天一色。平静下来的大海
一个人,站在它旁边
宛如一棵安静的雪松

一座沉默的岛屿

五月,风在海面展示自己有力的一面
巨大的呼啸声让人感到一丝凉意
大雨将至,乌云压低身体
一些海鸟还在空中盘旋
发出近乎恐惧的叫声
而我眼前的小岛,就那么安静地站在海面
对海边发生的变化全然不动
当然,它也不会
对某个人投身于大海的行为发出怜悯
一个人的悲喜,甚至生死
从来不会对一座岛构成影响
也许你要批判它无情,隔岸观火
但我知道,一座孤零零的岛屿
在苦涩的深海里
日夜迎接海水的撞击,侵蚀
是何等不易。它不像浪花一样可以恣意地奔涌
它必须在空旷的大海里
不动声色地,忍住所有痛苦。

海边散步

一路上,没有风。你走在我左边
或是前面,但同样是疲惫不堪的中年
家庭,工作,病痛,死亡
我们所知道的生活毕竟太少
路灯像一只巨兽之眼
盯着黑暗中沉沦的一切
我们走到离海最近的礁石
潮水已经退去。而我们并没有坐到上面去
像两棵独立的树,站在沙滩上
被海上漫过来的雾气围住,不做闪躲
迎面,每一朵扑打过来的浪花
都带着夏日温热的悲伤
可天太黑了,我看不清你脸上的表情
你也没有看到我眼中的泪水
直到离开,才感到身后
风的力量远远超出我们之前的体验
面对庞大的夜,我只祈祷你能拥有好的睡眠
但空气里布满湿漉漉的无力感
像海水,来到我们脚下,简短地停留
却必定要返回到大海中去。

答落日之问

落日从一万三千米的高空落下
就是从天空的禁锢中解放
众人称颂的落日有着浑圆的悲剧之美
自由,是任性的小男孩儿在落日下奔跑
时间在奔跑中发生了加速运动
男孩儿从童年进入老年用不上一天
有如膨胀的落日沉入黑夜
来不及悲切就老了

这一日,你坐在椅子上读一本诗集
吃疲倦的灯光,凌晨两点一刻
两刻,三刻——
事物脱下沉重的外衣,与你交谈
咖啡打碎了杯子,葡萄吞下了葡萄皮
从一个人到任何人,从有到无
从黑夜到另一个黄昏——

在一次自我凝视中开启一只柠檬的扇面
用经验找到它的扇骨
张开的弧度以及未闭合的缺口
如果再用些气力就形成一个闭合的圆
和落日一样的圆
但始终不能。现在

只有印象中的落日,依然保持盛大的美感
一个被落日之美吸引的老人端坐在此处
泪水是藏在他眼底的一粒盐

当笨重的卡车在路面缓缓行驶
那个在落日下奔跑的男孩儿向你频频招手
但他很快被紧紧收在卡车的后视镜
落日的踪影也逐渐缩小成一个发光的圆点
直到,光也消失了——
你才感到眩晕。并流下
你在早年,就已深深流过的泪水。

圻子作品选

圻子，本名曾建平，70后，江西瑞金人。中国作家协会会员。著有诗集《时光书简》，诗合集《江西九人诗选》。

诗与话语

决定用什么样的话语重返诗
这让人颇费周折
当语言沉溺于隐喻的氛围
反而丧失了直接的力量
这个时代所需的诗,真的可以拯救我吗?
往往是,叫座的诗坏过含混的话语
我知道汉字纷乱却粒粒闪亮
有许多是我不想要的,是被驯化的
我只需语言露出少女的肚皮
能柔软,并充满假设和魔力

朴素的渔火

在赣南支流上我感受过冷漠
绵水这个地方,冷漠的夜晚漆黑无边
但我也感受到热情,在夜晚的河流上
几盏渔火将黑夜切开——
河水低低回响,光与影相互交换
原来世间也有和我一样急迫的事态
不需要任何虚妄的话语
朴素的渔火,好比自然的忧愁

滑动在暗夜中，随时都可能飘离我的身体
而留下的几粒闪烁、飘摇的痕迹
仿佛已深入寂静与冷漠的边缘
毫无悔意，我对这种誓约充满信任

默默地继续生活

我的学习中
一个孤立的汉字，总是很微妙
它们常常聚集在一起
我会静观其变——
直至一首诗析出奇妙的物质
在我归来的途中
我看到林中之鸟在腐木上啄食
垂暮的老者田野里往返
荒凉之间传递出宽容和隐忍
我会对自己说
请吧，默默地继续生活
我的孤独里
还要累积多少迷思的瞬间呢
那些写作的日子
也不过是从纸上取回原来的寂静

夜与日

如果将夜与日准确地表达出来
你需要用很多精密的齿轮
不能让它加速,也不能让它减速

在无限的循环里
年深日久的习惯值得拥有
你且不断地往里面加入润滑剂、防锈油

虚实中可以召唤出时间的诡计
你看它们咬合在一起,似无法解脱
你当然可以假设里面空无一物,只有滴答滴答的声音

秋天安顿下来……

秋天安顿下来
鸟鸣发生在晨雾围困的树林里
不管它是哪一种鸟
奇异的经验,像秋风或者甘露
捕获树叶一般,获得小面积的晃动
但地平线以上,静谧超过布道的福音
秋天安顿下来

包括所见，各自的宿命，包括
一个旧村庄，留守老人、儿童
一小块金黄的稻田
这是世界上的秋天，哀伤仅仅
与我们保持刹那间的距离

无中生有

空气弥漫着草木的香气
矮灌与枯草，吸引着无数的小生灵
去看吧，秘境另有一番生存
山无论多陡峭，总有那么几棵树
奔走到脊顶。遇有雨季
溪水汹涌起来，水的低唱渐变成高歌
其实并不需要真的激情
处变不惊，往往可以无中生有
如同一首诗直通旷达之地

在那里

九月之末，河流的转弯处
有不一样的僻静，几棵树都是落叶乔木
秋天不会太长，在那里
流水试图说服自己。几垄菜畦

留下深浅不一的足迹，几乎可以忽略
低处的生活顺从命运的安排
旷野苍茫，仿佛一个巨大的仓廪
我想那是内含战栗的诚意、存在的宿命！
这些天开始，我更想走向秋风的城
天气凉下来，我听到时光里
有迫切的声音，落叶在签名……
九月之末，一切还在轮回中
焦虑已不足虑，止不住老去
我也如此。河边的坑洼处排满了砾石
它们仿佛从没有移动，在那里
流水变得很轻，即将枯萎的草丛中
偶尔听见虫声唧唧，这是河流的转弯处
残月吃着阴影，还吃掉微弱的喘息

金铃子作品选

金铃子，70后，现居重庆。参加《诗刊》社第24届青春诗会，获《诗刊》年度青年诗人奖、第二届徐志摩诗歌奖、第七届台湾薛林青年诗歌奖、李杜诗歌奖。著有诗画集七部。

常在河边走

也想喊一声"逝者如斯"
也悔思过,爱如流水
有时候,水也漫过头顶
只是我跌下去的地方,想来很浅
只弄得我满靴的泥
弄得水里的冤魂们,悻悻的
我每天写《金刚经》
超度他们

我身体里有几条了不起的河流
山高水急
它们时时刻刻等着
把我淹没
把我变成为它们的神。或者鬼

不替先人丢脸就好

雪落不止的时候
就升起一种想入非非
穿一身簇新的衣服
在空荡荡的城南村

扫雪
把雪堆放在破旧的石狮上
敬它三杯淡酒
谈天大的事,瓦解冰消
直到石狮咆哮
我便咐在它耳朵上说
"江山热闹,都是假的
不替先人丢脸就好"
它果然明白
果然,把心放下

该爱的都已爱过了

该爱的都已爱过了
不该爱的,也给他们立了牌坊
恨的?
得在心里默算一阵
我这短暂的几十年,罪大于恨
痛大于罪
世界越来越陌生
莫名的悲哀常常侵袭我的颈椎
椎体、椎弓
它们不再灵活,不再愿意
为我负重
该安静了
该把这七根椎骨捏成团儿

揉成七根镇钉
钉棺者敲击一声
我在里面，嚎啕一声

三步台阶

走进门口是三步台阶
这台阶走过我的祖辈英雄
走过流浪者和小偷
破旧的老宅，活着的人们已经离开
死去的人们常常回来
白蛇在夜里破箱飞出
成群的狐狸在清除杂草，打扫灰尘
每到春节，我会回来坐一坐
和它们说说话
谈到高兴处，会咯咯大笑
只有谈到我的奶奶
我才变得毕恭毕敬，而它们也声息全无

雪停于傍晚

雪停了。白色依次熄灭
大地处女一般柔软。新的诗篇把我击倒
梧桐树在冬日里安眠

我这个乡下人……对它保持一种礼貌
为它画上白鸟
一束阳光穿越它们的身体
光之舞吞噬了大半飞鸟
我画上今世的幻象,前世的姻缘

雪在融化,白鸟终止于时间的辽阔
世界在下沉……越沉越深
它把我的一生惊醒
我的一生啊
像那株倒伏……再直立起的白菊
任何故事都是重复,都是盛大的告辞
仿佛四季,它们轮回
它只看到寒霜

天地之间,别无他物

梦醒了无痕

这千山万水,我总是单人独骑
我把自己当女英雄
昨晚和我喝酒的几个书生,有一个爱上了我
那是落魄江湖,无心进取的秀才
与我一样
偶尔提笔写诗,喜欢笙吹明月
喜欢夸大其词:你的感情是我独一无二的财产

这句话,我曾经对多少人说过
我爱过谁?
风在吹。百草园,紫竹,化香,桐子树
我常常忘记它们的名字
曾经的知己
我抬头看见天空的明月,低头就看见丧钟

这一生,终究不会成佛
爱,就要停下来
也许有来世——我认得你
你却不认得我了

夜,你给我的是虚无

你给我的是虚无,因为你一无所有。
有的不过是楼门的石榴花
慢慢地枯萎。被血孕育的花
曾经那么红。红得像我年轻时候的岁月
一片繁茂
像我心中的伤口,疼得快也愈合得快。美丽的红啊。
我仔细观察,今天的红已经不是真正的红
它们红得愚蠢,红得有些枯萎

面对季节,我冷漠。
面对枯萎,我感到说不出的愉快。

张琳作品选

张琳，1989年生，山西原平人。作品散见于《人民文学》《诗刊》《诗选刊》《星星》等。出版诗集《纸蝴蝶》《人间这么美》。

写下……

写下黄河,写下尼罗河,写下密西西比河……
让这些蚂蚁们
认识一下眼前的惊涛骇浪。

告诉它们
生活中的大风大浪,并不可怕。
你看,一只蚂蚁

已经爬过去了
你看,一群蚂蚁
已经爬过去了……

我还是不能
将天下的河流都写出来
总有一些风浪,是看不见的……

一个人观壶口瀑布

用一生,只从黄河里取出两滴水
一滴,是汗水
一滴,是泪水

它们合起来就是一滴乳汁啊
养活了逝者
还要养活来者……一朵浪花
有没有名字,并不重要
叫它前浪,它会答应
叫它后浪,它还会答应。

沙滩上,一个人,抓起一把沙子
松开手,再抓起一把沙子
再松开手,远远看去
就像一只孤独无比的沙漏……

静夜书

在外省想起母亲
母亲就成了满屋子的灯光
抱着我
在房间里走来走去。

仿佛母爱之大
母爱之重
让我瞬间变小了,变轻了。

这样的情形,在家乡
也有过几次。

我记得，后来就那样睡着了。

在梦里，我将母亲看成了一把古琴
我轻轻弹
她轻轻发出声音

所有的大河，小溪
都不会发出那样的声音，所有的岁月
都不会忘掉
那样的琴声……

时光颂

我，外婆，母亲
三个人，弯腰挖河边的苦菜。

一只野鸭子，"扑棱棱"被光线扶起
向远处飞去。

晨光中，三代人同时望了望远方——
顺着河水的流向

——再过二十年，我将活成现在的母亲
母亲，将活成现在的外婆

——而外婆，无疑像一条河

会被我们在春天眺望,像一棵苦菜

会被时光连根拔起
毫不犹豫的苦,裸露在人世上。

一日三省

兰花开了,荷花开了,菊花开了,雪花开了
……世上的花
都已开成了自己的样子

花神啊,请你保佑我
不要开成兰花、荷花、菊花、雪花……

请让我
开成水中花开成镜中花
花非花……

麦田里的稻草人

孤身一人
站在郊外的麦田里,一只白脸喜鹊
飞过去了,三只年幼的灰雀
飞过去了

没有一只落在镀金的麦田里
它们似乎早已看出我
是一个假冒的稻草人。

多么沮丧,我摘下麦秸编成的帽子
站在风中,就在前一天
我还看见两只飞鸟
落在稻草人身上,愉快地交谈。

唉,恐怕一辈子
我也听不懂
它们关于生活的对话,一辈子
都没有机会
获得一颗稻草人的无心。

周鱼作品选

周鱼，1986年生，现居福州。获第四届奔腾诗歌奖。

隐　居

从五月开始,这成为现实:
一个寂静的小城,向她张开
一层层彼此相像无奇的花瓣。

阳台上几盆植物
在安静地燃烧着往事。
含羞草在鸟鸣中渐渐舒展的时候,
她正从累积的劳损中渐渐恢复。

但今夜还会有石子们
在她的新屋顶上滚动。
此刻晴朗日光照耀,不察觉
几道不减威力的闪电在她的身体里隐居。

一　天

中午狂风大作,黑暗迅疾吞噬街区。
乌云拧起自己,终变成
滂沱大雨;此刻阳光明亮
已经轻而易举地把一切替换。

一只鸟,接续进乐章。
它在树枝间跳动、摇摆地鸣叫,
清晰的蓝绿色。有一天,也许几年
或几十年后,它会消失,这里有
另一个人会经过,再自然不过,
会听见另一只鸟,或者可能是荒芜之中的鸣响。

孤　独

这些日子对我来说,更重要的
是如何避免娴熟。要从黏腻中退出,
像第一次那样,为体内那个幼小的、
闪烁的东西,那个活着时血液供养的
东西,那个死了之后在骨灰中还具有
形状的东西而欢欣鼓舞。每一次都要
陌生。当我开始了晨跑生活,经过
一年来每天都会经过的花圃中的小草,
我一定是第一次看见它们。从来不曾
见过,不曾见过它们在风中被吹得
摇摇晃晃,幼小、闪烁。从不曾
像这样看得见它们的每一次摆动,
像是银色的,其实是黑色,不,
也有血红的底色,掺杂冰川上的白,
再看,再稳住灵魂的双脚,然后
是身体的双脚,再看它当然是绿色的,
极其平凡的绿。在某种巨波中

忍受且极其快乐地摆动。

渊　源

十四岁那年，一栋旧楼
墙角边那株美人蕉
为她保守了许多秘密。
她看见花朵因此
变成复数与异数。
小女孩围着她们打转。
某一瞬间，惊呼看见她们将自己点燃。

现在她们时常回来，重演剧情。
一缕缕不可把握的火焰
经过了我，穿透
我两扇相对的门，带来清凉，
　一个众人之所，
　一个空旷之所……

安　慰

一把竖琴唱着；
六扇窗开着，它们相互对立
或复刻彼此的形象；

阳光把走廊上的
人们变成剪影,黑色在
欢快又缓慢地移动。
在这些事物里,就有许多
我所不知道的安排,这就够了。
那双大能的手,扶了
我无声摇晃的心一把。

我会睡去

那不好的事,明天应该会继续。
屋外下着雨。雨,就是
雨。雨,落在岩石上,就是
落在岩石上,落在
树上,就
落在树上。
我不会试图在
雨声里解读到别的什么。
我只聆听那个——
微弱
而轻快的
鸣唱,一只雨中从不饱食的
瘦黑鸟,依然
栖息在我生命
起点的那棵树上。

手

昨夜里像野兽般冲撞的词
正在退潮,没什么
要去呵斥的了,没什么复杂的。
很简单,我与他坚持站在各自的一方,
但所有的支离破碎之中,
爱与被爱,还是从我们之间的汪洋里
被冲刷上岸。暴晒在
日光下。像两双手。
是时候彼此道歉了。
那个冬天我在散步的地方
见过一只小布熊,它
躺在冰凉的地上,被
一个好奇的孩子拾起,又放在
一个墙角,让它倚靠在那儿,然后
离开它。它的手依然保持原样,
那个无法改变的天生缝好的姿势,伸向
前方,张开,像索要
一个简单拥抱,
一片冬阳在那个位置替代,空空荡荡。

余怒作品选

余怒，1966年生，现居安徽安庆。获第五届《红岩》文学奖中国诗歌奖、2015年度《十月》诗歌奖等奖项。出版诗集《守夜人》《蜗牛》等三部。

自杀未遂记

这么做你会扑空。
火车驶来它的声音走在前面离真正的火车
还有一段距离提前几秒你就撞不到任何东西。

剪辑记

可以任意剪断的大笑和奔跑也可以卷起来按照
某指令或自愿剪成微笑和慢跑从浪漫狂乱中剥离。

喇叭状的

风本来就是排他的。
风声中有其他声音听不出来我来听有办法分开它们：
在纱窗上安装一个喇叭状的过滤器有一些很细很细的孔。

不想再使用

不想再使用言语。仅仅是内部到
外部这么短距离也还在等待翻越。那点儿仇恨
是在透明冰块上磨刀子。

运动类比

钟摆来回所需的是一个楔形空间。类似
山顶和山谷的构造决定一个人的移动边缘模糊包括
他的背包和运动鞋。

建筑学

中心和外围有时候指的是
婴儿哭和女人哭。这样才不容易受伤。
建筑各有目的从高到低依她们而建和一些关键的阴影。

有坐标

谈什么远处。无尽头只是美学要求。
一只鸟在树林那边飞起而后消失不见组织了
我们的视觉和听觉有些轻蔑。才成为一只飞鸟。

谈解脱

谈解脱首先想到流星。流星本身。你去嗅
刚走出车站的人身上的奇怪味道灰尘味道混合物。

谈欲望

有很强的自愈能力很单纯的疯狂。
像桌沿正在掉下来的一只玻璃瓶灌满着蓝色也控制着飞溅。

中年人的情歌

有点醉玩牌的手法但留着温柔

的一手主动与你和解像一个拉直的铁环有弯曲过
的痕迹。大多数呢喃献给寂静的爱幻想的中年人。

回　头

有分寸感的生活。在悲伤的前头。
悲伤一旦形成了女人身段妖娆跟在你后面被
尼龙绳缠绕只好回头。

深情相伴

悲伤继续被愤怒保护着深情相伴可还是容易被
忽略啊唱光棍曲儿。

称你的意

把悲伤放在凌晨中央不要别的布置。
过六小时来转转看看随便种下点什么。
那么烦躁只有海棠花称你的意局部的早上好。

年轻饭

聪明一点的年轻女孩都擅长用漫长的交换短暂的。
园丁的移花接木术。植株嫁接之后桃树成了梨树。
皮肤光彩照人你尽管挑剔吧。梨子有桃子的样子。

老屋记

钩子在墙上被手摸过又被砂纸
打磨过还是锈了。我说"保持这里"的意思是
别缩小尺寸欺骗视觉弄一个模型再上一遍漆。

小旮旯记

鱼也这么游来游去。这里这个人在
水中给臂弯脚踝打香皂各个小旮旯清爽了也
赶不上以前的喜悦私密。

飞廉作品选

飞廉,本名武彦华,1977年生于河南项城,现居杭州。参加《诗刊》社第33届青春诗会。出版诗集《不可有悲哀》《捕风与雕龙》。

向但丁致敬

在你写《地狱》的年龄,
在这消磨人的江南新城,
在一个九点后的夜晚,
我关灯,离开这所带蝴蝶园的学校,
我似乎听见了远处的江水声。
沿着大地被撕开的一个裂口,
我走到幽深、不见星光的地下。
疯狂赶路的地铁,
坐满了疲倦的年轻人,
他们在微信里追逐浮云。
我的身边坐着一个女孩,
头发浓密,就像罗赛蒂笔下的贝雅特丽齐,
有一刻我们谈起了永生,
在这露水的浮世。

宝石山日暮

流水冲洗着碗碟,
全城吃杨梅。
桃花弄巷口,南华书店转让,
新开了一家宁波银行,

老人们用杭州话谈论国事,
一个小女孩突然忧虑明天的考试……
我是宋玉,凌濛初,
我是电线上起落的观音燕,
我是老虎窗前那只孤单的麻雀——
风吹动香樟树,
吹动竹衣架上挂着的床单,
晚霞渐渐暗淡。
在我最好的年龄,我出色地
描绘过这远古的风声,
我在"拍案惊奇"系列
写下了我看到的每一个动人的细节。

马塍路上的姜夔

在这个盛夏的夜晚,
一阵急雨过后,
我走在姜夔当年走过的马塍路。
八百多年过去了,路旁的小店
依然卖着茶叶和丝绸,银行取代了当铺。
我们快步慢步走着,怀着各自的忧虑。
在黑暗的巷口,我们走到了一起,
灯光下,我们分开,
一阵风过,梧桐枝头蝉的惊鸣
像闪电照亮我的单衫、他的短袍。
他一再提起合肥的那个女孩,

在他看来，国破家亡都抵不上少年情事。
夜深道别的时刻，
他向我祝贺，为我写出的那些出色的诗句。

大雨，落石，停车望金沙江

万山雄奇，
一路大雨，到处可见
黄浊急湍的溪流，慨然向前，永不回头。
落石，停车远望金沙江，
说不出的绝望
——山川壮阔，而我只是一缕微风。
很多年前的地理课堂上，
我渴望有一天路过金沙江，
我渴望像古代的英雄，在金沙江掀起风浪。

高山杜鹃

我们追忆前半生见过的大山大河。
呼吸艰难时，我想起当年那个女孩，
帮我安然度过窒息的青春。
玉龙雪山顶峰，倏忽万变的浓雾和白云，
我们耐心等待阳光，照亮这些
冷彻万古的冰川。

下山的路上,突然领悟,这些年
我们苦心追寻的神明,
就住在那朵可望不可即的高山杜鹃花里。

隐居在星期三的晚上

江边一座带蝴蝶园的学校
在星期三的晚上,就是一座终南山,
黄河夺淮的时刻,
我渴饮辋川的流水。
一间向南的办公室,抽屉锁着
李贺和但丁;窗外一棵柚子树,
树下有清风和虫鸣。
星期三的晚上,我美好的朋友
走出德拉克洛瓦《自由引导人民》,
到三楼上英语课;我逐楼
查看晚自习的孩子,仿佛阮籍酒后
细数天上的繁星……

深夜,合肥站
————赠陈先发

深夜,绿皮火车停在合肥站,
来自平顶山的小男孩

用哭声摇撼
昏热的车厢。二十年前,
深夜,合肥,他抛开《猎人笔记》,
走下火车——
他大口吞咽清凉的夜气,
他遥望远处茫然的灯火,
他活动着筋骨,仿佛在越狱。
年轻,紧张,
南朝和北朝在他体内激烈交兵,
隋朝遥远。
他愤怒火车迟迟不开,
他最怕遇见二十年后
庸冷的中年。
一闭上眼睛,他就看见满天繁星,
就看见蜘蛛在他脸上织网。

单永珍作品选

单永珍，1969年生，现居宁夏固原。获宁夏文艺奖、《飞天》十年文学奖、第三届《朔方》文学奖。著有诗集《词语奔跑》《大地行走》《青铜谣》等多部。

这半世

这半世，辽阔如墨，写不尽
普天下的苍生和一个人的细节
所谓神秘，不过是
那些不被记录的飞白部分

这半世，苦大仇深，身体里
筑就一座斗兽场
魔鬼与天使，在梦醒时分
已杀得难舍难分

这半世，青春感冒，深度醉眠后
赶上谎言的中年
那一个又一个光鲜的人，躯体里
藏着被出卖的肉体

这半世，苍凉如铁，星座旁
挂满烈士的名字和画像
一个疲惫不堪的人，拖着秃笔
闭关写生

供　词

在莺歌燕舞中虚度年华
在醉生梦死里风花雪月
在光辉的黎明一身黑衣
在人民广场模仿过金斯堡
在墓园里埋过失败的鹰
在纪念碑下撒尿
在培训学习期间偷偷约会
在咖啡屋耍过酒疯
在游泳池看过姑娘的乳房
在理论学习笔记里抄过下半身诗歌
在东岳山上和一群屠夫结义

以上都是真的
以鲁迅的名义担保

我爱你

一本诗集里的空白处
密密麻麻写满　读后感
写下必须修改的理由

作为死心塌地的读者
我命令名词靠近动词
我用刽子手的刀斧
砍掉犯罪的形容词和副词
我让你洗心革面
我让你浴后重生

唯一没有修改的句子
——我爱你

在人间

那时,天空蔚蓝,流水清清
打骨草晒着太阳,茁壮成长
我想成为鹰,漫游山川
而人间广大,需要一双坚硬的翅膀
抵御风的列阵
但鹰闭着眼,拒不相认

那时,草木含霜,金色遍野
南归的候鸟,在湖泊小憩
我想成为谷子,摇晃于地头
待到时日,走进柴扉
在穷人的锅碗里,成全自己
但谷穗耷拉着脑袋,拒绝点头

那时，月明星稀，世上清凉
东山上，吐着信子的蛇，探头探脑
西山上，散步的山鸡，练习飞翔
肥沃的河谷地带，鸽群念经
它们闭目肃穆，口吐莲花
脚下是一行斑驳凌乱的古今

那时，我只能在悲伤的人间彳亍
一群换命的兄弟，比如盗墓贼
花痴，酒精依赖症患者
职业哭丧妇，牲口贩子，屠夫
念过半本《论语》的歪嘴读书人
在东岳山上，华美高歌《走咧，走咧，走远咧》

天水一带的桃子熟了

领上天水的白娃娃，吃着天水的呱呱
邪恶的念想遇见菩萨

泥菩萨，陶菩萨
石头里跑出个大娃娃

蜜水流淌的街道，带上黄酒
在麦积山下，掏出孤寡的虔诚

我的老哥王若冰说：尕妹妹的嘴嘴儿是蜜罐罐

阿哥粘住就不动弹

好像所有人的心都是粉白的
好像所有人的话都那么动听

麦积山的菩萨说：滋润那些枯寂的心吧
让穷人的孩子吮着指头开花

一棵树分娩了
一坡的树放松了肩膀

南风吹来
固原偏南，天水一带的桃子熟了

李庄作品选

李庄,60后,山东牟平人,现居德州。参加《诗刊》社第12届青春诗会,获山东省第二届泰山文艺奖、第六届中国赤子诗人奖等奖项。出版诗集《无人能够阻止玫瑰怒放》等。

读策兰想起旧居西侧那棵桑树

日子悠长如桑树下垂的枝条
摇晃,桑椹由浅绿变浅红,
似邻家小雯的乳头
还未变紫变黑
至最甜时候。

父母仍在午睡。
蝉声如雨。
我将贪吃的小雯自树上抱下,
她唇上的果汁
印上我白衬衫的衣领……

耳边,她剧烈的喘息吹拂,
老桑树的树皮
已紧紧包裹住我松弛的身体。
父母也不会醒来。
我独自在千里之外的这家民宿,
读策兰《雪的款待》:

你可以充满信心地
用雪来款待我:
每当我与桑树并肩
缓缓穿过夏季,

它最嫩的叶片
尖叫。

健康与残疾

一年级小学生过马路
手拉着手
孩子们有令人怜惜的弱小
聋哑人在一起时
手势夸张——他们找到了
共同语言
爱因斯坦在时空中独自拉着小提琴
没有乐队
霍金将头歪在宇宙的椅背上
斜视着尘世
他的轮椅是一个王座
四肢发达的你却爬不上去
昌耀这个蠢笨的家伙在空气稀薄的青海写诗
从比高原高出三层海拔的癌症楼
孤独地跳入文学史
抱着自己的绝症
广场上的大合唱雄壮有力
喂！第四排右边第二个人
你为什么闭着嘴
好，团结就是力量——预备——齐
哦，散场之后——看哪

——你们的确创造了一个广阔的海洋
垃圾的海洋

冬夜之诗

雪停了,雪地有埋葬了母亲的寂静。
雪地上的第一行脚印通向哪里?
如白纸上诗的起句。
回到记忆中少年时居住的房子,
灯,有多久没有亮了?
我知道白色塑料开关在哪儿。
灯亮了,天上的几颗小星星
也跟着一亮。
家具,地板上堆积的尘土,
还没有心里的尘土厚,
还不足以将往事和现实掩埋。
像父亲一样点起炉火,
写诗吧,写那些酸甜苦辣咸的诗,
写那些互相痛殴的手,
临终,攥在一起,又分开……
写吧,还来得及,还可以说出你
对这个世界的遗言。
没人听,没人读,你就续入炉火。
冬夜漫长,你将又一场大雪推出窗外。
炉火正蓝,你学会等待。

致策兰

那时,我还不知道犹太人,不知道
塞纳河,不知道
米拉波桥,不知道——你
1970年4月20日从桥上纵身跳下
不知道之前,你父母死在奥斯维辛
不知道你的《死亡赋格》是用德语写成
那时,我还是一个德州的汉族男孩,七岁
常去大运河文革桥下游泳
北方四月的河水寒冷,塞纳河也很冷吧
我不知道你那里是什么季节
但我知道,我很熟悉从桥上落入水中的
扑通声:那些被捆绑着推下的人
声音清脆些,那些自己跳下的人
声音更干脆
他们大多石头一样沉默
也有人呼喊着嘶哑的汉语
他们在大运河中溅起的涟漪
和你在塞纳河溅起的涟漪一模一样
不同的是,你在法语的河中溅起的德语浪花
没有平息——2019年我在中国听到了
你阴郁的录音
而我们汉语的漩涡深不可测,平静而强劲
早已将那些人输送到浑浊的下游

不知所踪
哦,策兰,忘了给你说了
大运河是一条举世闻名的人工河
公元 605 年由隋炀帝下令开凿,北京至杭州
全长 2700 余公里,通达黄河、淮河、长江
钱塘江、海河五大水系……

呕 吐

很久以前大海的确是一个蔚蓝的梦
但它现在脸色铁青
呕吐
吐出可口可乐易拉罐
吐出被原油糊住羽毛的海鸟尸体
吐出塑料泡沫吐出塑料袋吐出避孕套
吐出自杀的鲸鱼吐出一个仿佛正在做梦的
叙利亚小男孩
…………
它仍将呕吐
它何时吐出那只上帝给人类的漂流瓶
瓶内装着怎样的消息
哦,此刻,黑色的漂流瓶在一头虎鲨
更黑暗的胃里

袁永苹作品选

袁永苹，1983年生于黑龙江齐齐哈尔，现居哈尔滨。获第七届北大未名诗歌奖、2012年DJS诗集奖。著有诗集《私人生活》。

偿 还

在花儿生的时刻，
哀悼它的死。
在平常的日子里，
想象着别离。
我们都没有准备好，
迎接：
无激情的手指、
生腻虫的月季花、
爱当中的不爱……
我们承受着挑逗，不是
来自于他人，而是
来自于我们自身。
肉体抽离，但随时
以它炫目的姿态回归。
我们的精神，合拢
又分开，
在肉体的钟摆里，
我们摆动，
如同我们静止。

水　池

她在五个年头后的一个无所谓
的午后想起了这件事。
想起那个夏日的孩子，
她或他站在暗黑的河边，
朝她张望，想向她索取一次活。
无权诉说，生物胚胎中的人，
只存在于超声机器和
医生的嘴里。她甚至
一声不吭，被从温暖的
巢穴中掏出，"新鲜的，完好的。"
像某种季节性多汁的水果。
当小小的虫卵爬上月季的枝脉，
虫卵结成细软的毛，但是
以极快的速度繁殖，
蒲公英携带种子的降落伞
也是这样的柔软的毛织就。
她有一次在梦里惊醒，
那个孩子在对她笑，
和现在的孩子长得不一样。
她牺牲了那个虫卵，
用白毛巾轻轻擦除，沿着叶脉
缓慢地不伤皮肉地擦。
为了获得一次生命的转变。

那些虫卵被她用白毛巾
轻轻擦去,不会再结。

谣　曲

好吧,所有的话都已经说尽,
在我们初次相逢的长椅上。
如今,当我们经过一条无鱼之河,
留给我们的只有风声和无尽的沉默。
我们曾经梦想的黄金乐队,
车子疯狂地开过,像是闪电暴击,
如今,我们在一起等待衰败
的国度和崩溃的经济。
当我们为我们女儿点燃生日蛋糕,
我们依然活在电影的幻觉里,
当她吹灭蜡烛,我们心中的蜡烛
也熄灭了。这是一个时代,
我们都感到了某种孕育种子,
大崩溃。也许,
我们会到那个无依无靠的地步,
然后在计程车里怀想当年,
物质多么丰盈,还有夜晚酒吧
里的爵士乐,流行歌,
纵情声色,但我们没有家。
但如果面包也吃不上,我们
将会怎样?2019年的中国东北,

在一股强劲的大风吹来之时,
我们紧紧抱住彼此。

词 语

我那么长久地居住在你当中,
生长出我自己的容貌,
岩石　花朵
精神。
我那么长久地活在你中,
温暖　冰冷
拔地而起。
我来演奏,长久的笨拙,
弹奏着所有平常的事物:
爱情、事业、痛苦的承诺。
我把自己系在你身上,
像家。

采蘑菇
——兼致 W. S. 默温

我常为此事痛苦——
我无法再回到我出生的小屋。
它已经拆除,被夷为平地。

它暗黑的柴门,常在我的脑海中,
漂浮。我常为此事痛苦,我无法
回到那个我采蘑菇的小时候,
如果我回到那里,那些
蘑菇散落在沟渠里,树丛里,
它们,一定还在那里,等我。
而我没有回去,不会回去,
葬礼上没我,秋收也没有。
我常常想哭,为着我所有的不能。
我不愿常见到母亲,
我不能原谅她的衰老,
不能原谅我的这首
操蛋、苍白,结尾无力的诗。

白玛作品选

白玛，1972年生于山东临沂。作品散见于《人民文学》《诗刊》《解放军文艺》等。获中国诗歌探索奖、江苏青年诗人奖。出版诗集《信使在途中》。

我要像写墓志铭一样写诗

洗手,更衣,三昼夜什么都不想,只用来思过。
以前浪费了太多时光和钱,
从此开始节约每一个汉字。
我要像写墓志铭一样写诗。
让诗带有我的口音和脾气,让爱过我的人和
恨过我的人都见字如面。
他们匆匆路过一首诗,他们忽然停下来。
"她一贯惜字如金。就像她还在。"
这样的话总让我流泪。一辈子一首诗啊,
我要好好写。让疾行在大地上的眼睛能认出我。

温　暖

这小东西贪图一个凉如水的怀抱
这小东西穿过城市最冷的那堵墙
它的眉心点着朱砂,默背一个作废的电话号码
我爱你,它低声道。险些穿过视线里最冷的那堵墙

当无家的小熊星座被夜空收留
当老迈的收音机送来久远的歌
我爱你,它听不见。它被人群淹没其中

你牵它的手，径自穿过城市里最冷的那堵墙

天色熹微

小声说出细碎的疼　　水草之乡的缱绻
小声喊出你的名字　　隔夜的泪痕正消失
如果长翅膀的马车把我带去你身边
笑容和朝阳一起舒展
而篱笆守住花园的心事，知更鸟回了家
如果慈爱的阿塔舅舅能够耐心倾听
我就说说恋爱的美妙与烦恼
如果树上的松鼠不来偷听，我就不会脸红
我就说说夜晚那些琐碎的事情

告　别

那个旅人答应过要带走我，看碧海、看花开，
戴着叮当佩饰停住脚，回首浅笑。
在最丰足的阳光下蜷身而睡，
梦里有旧日子，城堡没有乌云造访。

向每一座山表白，
和每一条河深情对视，
那朵角落里的花，如果它愿意，赠送它我的名字，

雄鹰不稀罕一首抒情诗,哎呀,怎么办?

穿绛红色长袍的时光巨人偏袒我:
让我缓缓地躬身,镇静地说爱。
和这个世界欢喜地道别。
和世界上一切的冷暖沉着地道别。

无词之歌

爱你甚深,我只能唱首无词歌
好像潮水向大海唱出昼夜不停的依恋之歌
好像时光对我的催促之歌
我一个人在路上
偶尔唱到这首歌中的哽咽部分
或者阔别重逢的停顿时
当晚星如泪珠坠落青草地,四野沉静
我又想起你啊
这歌胜过大地上所有语言、所有的诗

夜　晚

在蒙面人唐突的造访里,夜晚有些走形
有些吝啬:声音和面容被藏起
身份被藏起。小偷和电线杆、要账鬼和负心郎

被夜晚包庇。这一切可疑、可挪动自如
另外一些属于寂静,只好
安排它们各怀心事,安排它们迅速入眠
在无人的小旅馆里,我却异常清醒
梦见噩梦。在黑暗里吞吃胡桃
在黑暗里一遍遍回忆穿墙术
一棵植物在角落注视身上的陈旧性伤害
一只手试图占有灯绳
你瞧,这已不像白天形迹诡异的我
夜晚总会有些夸张
让我一会儿像淑女,一会儿像带着蛇的杂耍艺人

给陌生人写信

我心里藏着一吨被夜雨泡过的春天的种子
和三头鹿。我的声带自动传送小半个翻腾的大海和
碎玻璃状忧伤。我羞于向穿狐皮的邻居或枕边人开口
写信给陌生人是我长达一晌的隐秘的欢欣

偏头疼、梦中大片缱绻的水生植物、被祈祷词召来的
捕鸟人的黑披风、口琴、麻绳、性、冷冷一瞥
我轻手轻脚来此,像他们偷情的妻子,掩门,给陌生人写信
这些是我想要说的。和以往的冒失不同,是我免于自毁的温
　　柔部分

看我横刀策马

看我被时光之手扼紧
看我被命运推了个大跟头
看我又站起来
看我笑靥如花　横刀策马

看我终日饮酒，放歌
看我沉醉不知归路
看我与爱情擦肩
看我俯下身，和土地亲吻

看小女子我弯弓射雕
看我转身的一刻潸然泪下
看遍夕阳，落花，断肠旅人
看看我眉目含情　横刀策马

陆辉艳作品选

陆辉艳，1981年生，广西灌阳人。参加《诗刊》社第32届青春诗会，获华文青年诗人奖、首届中国青年诗人奖。著有诗集《湾木腊密码》《心中的灰熊》等。

途中转折

我一个人坐火车
从别人的城市回来
陌生站台的中转
路途的破折号

途中的 N 次转折
时间犹如古老的关隘,腾出位置,允许我
回到出生的地方

在密林里,我见到了亲人
他们告诉我,在一次闪电中
一棵古老的树木断裂,在两截尚未
脱离的横断面
呈现出一副张开的枯黄牙齿
那时,我听见自己的骨骼
发出脆弱的声音

并非黑暗中一个婴儿的哭声
尽管它们具有
相似的质地和音色
尽管它们传递的
同是时间的信息

幸福和深渊

洁白的河沙堆在江边,形成尖顶
我的直觉经验,为什么不是在浮现
一座未来楼宇的样子
而是听见否定的声音在说不
在说:一个个突起的巨大坟冢?
大卡车穿梭着,运走了我们的河流
它曾映照和保存我们的过去

命运重复在那些
看起来遍地无用的石头身上
从来没有人将它们带回家
直到外地人的到来
它们开始成为美的代名词
存在于平常的河滩
他们用麻袋,装走了它们
走过我们身边时,显得无辜和兴奋

互相掠夺着,他们都在通往
幸福和深渊的路上

牛皮鼓与针尖

他们敲响牛皮鼓
篝火映照着男人们的脸
并非因为丰收。他们在为
亡灵而鼓,集体的孝歌声
总是富有感染力
在空旷的夜晚
抚慰人类永恒、自然的悲伤

但敲鼓的人在走神,他记起
一块温热的牛皮上
一个针尖般的口子。从它的内部
透出星星的光亮。鼓声因此
低沉,发散
像从地层深处发出
那儿有一座崩塌的石山
一条更宽的通往人世之路

那儿,月亮一直高悬着
我们知晓鼓声,和鼓声里讲述的
过去发生的片段
所有人和事物都将被重建
当我们身处明天
质疑复制。或者接受

陆辉艳作品选

桉树林在出汗

桉树林在出汗。它们的顶端
长出了黄金
太阳一样照着人们的脸
如此朴素的，沧桑的脸
如此急迫的，幻想着将来的脸
整日整夜的劳作，让生活看起来
并非一团废墟。并非

被眼前绑缚。它们有
抓紧一切事物的强大根系
单纯的人们，用某物
换取另一物
满足于正经历的，被平衡的幸福

他们走在黄金滴落的密林
没有人注意，突然而至的干旱
绿色的沙漠，似乎
什么也没有发生
自然在不停的往返中
当它们变成工具，砍伐自身时

神通寺的钟声

远方友人用文字向我描述
神通寺上空的安宁时
似乎有钟声传来——

我正在屋后忙碌,杂草占领的院子
显得荒芜。我们劈开荒地
也曾占领它们的容身之地
人和万物互相侵犯
又互相退让

因此,当我抱着那些割下的荒草
向它们表达歉意时
钟声再次从时空转折,一百零八声
青铜深沉。每一声都在提醒
我的悔悟,我向这世界的
索取之罪

黍不语作品选

黍不语，1981年生，湖北潜江人。获《诗刊》2018年度陈子昂青年诗人奖、第三届扬子江年度青年诗人奖等奖项。著有诗集《少年游》《从麦地里长出来》。

不存在的五个孩子

爸爸，妈妈，慈祥的奶奶
是不存在的
米饭，热水，御寒的棉衣
是不存在的

秩序和人群，是不存在的

你们是五
抡起来可以砸掉任何东西
你们是一
在一切的不存在中，孤零零地倒下

你小小的生命是模糊的
身份不详。面容不清
11 岁的年纪上着 5 岁的学前班
在家无家可归。星空下
替我们提前回到垃圾，尘土

河山大好，给不了一个名分
和屋顶

而童话比此刻更真实
那卖火柴的小女孩，飞起的瞬间

多么幸福而满足

你们有理由认定
饥寒。伤疤。冷漠。杂乱。街道。房屋。以及所有
这里不属于你们的一切

会因此而改变

你们不存在的飞翔只带走了自己
而冬天,还远没有结束

吹过章华台的风又吹向我们

这条路上走着那么多的人
开着那么多的花
那么多的湖水,摇晃着田地,河柳
白云和天空

麻雀在电线杆上
农人在杂草间

这是似曾相识的夏日
吹过章华台的风,又吹向我们

这是茕茕孑立的爱人
无尽的喧哗与流逝中只有你

永爱着我的沉默

我因此站在一张黑白照片里
光线明亮，笑意盈盈
像马上就要去远行

麦子歌

雪已行在途中
落叶
在越来越厚的暮色里
深陷
我心事重重
在拐角前止住了脚步
一年有多长？三年有多长？
走向一场浩荡清白的雪
又有多长？
我将带着吗？
我的尘土满面。我的欲辩忘言
我的满。我的空。我的世俗。我的清亮
我该记着吗？
此前我如漠风鼓荡
此前我似云朵飞扬
此前我像高高昂首的麦子
只等那一生一次的
引颈一快

而我也确信在那个瞬间我一定会
看见镰刀
像一个人的脸
鲜血滚落像
一个人在晨雾中热烈
哭泣
而那双手，那双紧握镰刀的手
在接下来所有的日子
因麦芒满胀的幸福而
从此，痛不欲生

患　者

车子在湿漉漉的街道行驶
我的女友们，坐在后座
漂亮，得体
谈论着礼物，首饰，天气，男人
和即将到来的
Eason 周末演唱会
我趴在车窗上
想起一个孤独症孩子
跟着我很久了
雨水在车窗上自上而下
那低处的一滴
无法流淌，也无法融汇
就那样悬着，在阳光照射之前

无处可去

祖　母

很多时候我再没有想起她
在村最后面的位置，一小间独屋
趴在白杨树和稻田中间
像久无香火的闲寺

她从唯一的门走出来
扶着干枯的墙壁
砖与砖的缝隙间，是一些干枯的
满是漏洞的，泥土
干枯的玉米和豆角挂在上面

干枯的铁铲，簸箕，在她干枯的手上
落叶般颤抖
在永恒的夕阳后，与暮色一起，构成了我的
祖母。树木的祖母。稻子的祖母。所有
踏于其上的，泥土的祖母

我看着这一切。意识到，我在等候的事情
无非死亡。无非黑夜降临露水生发
某一处脚步徘徊之地，青草漠漠

麦阁作品选

麦阁，70后，江苏宜兴人，现居无锡。中国作家协会会员。作品散见于《人民文学》《诗刊》《星星》《扬子江诗刊》《诗歌月刊》等。出版散文集两部。

唯有春天的风

唯有春天的风
才像我心里窜出来的一只小兽
总是喜欢到处乱跑——
兴奋,抱一团全新喜悦

河流与河流之间
灰墙到灰墙之间
太阳照耀的光影里
我感觉自己和她一样——
总是急切地在
想寻找些什么,创造些什么

白鹭仍在飞翔

时间渐渐告诉我
令我无法遗忘的
依旧是我的出生地、童年
与亲人曾经相依为命的
那些炊烟

天空过于辽阔

我需要以宁静的姿态俯首
才能看见大地，雨水
才能交出我的诗
带着出生时湖岸的水光
与蔷薇的气味——

才能让阅读的人
看到我故乡的东氿湖
那碧波的上空啊
白鹭仍在飞翔……

傍晚说来就来

一段河流，分开了东岸西岸
临水的那些花朵
像一场爱情
无可抵挡地来了
又莫名其妙地走了

一只花猫在围墙上表情神秘
太过严肃，认真

傍晚说来就来
河流不发一语映照天空
映照悲伤与广阔寂寥

一棵树

喜欢在黄昏
靠着一棵树想心事
猜想——
她也有喜悦和哀伤吗

多少个清晨与日暮
被门前的河水收藏

我不宁静的心啊
多像那岸边的幽草
总是——既卑微
又骄傲

一小片的亮

每当写完一首比较满意的诗
就感到自己
像一株富有生机的植物
在和风中带着阳光
心中有一小片的亮

合唱中的女孩

神是存在的
但神也有悲痛,不是万能
有时也需要有人安慰

如果你没有拥有美好童年
神一定是第一个难过——

在一群合唱的女孩中
我被她吸引——
她的专注、忘我
目光满是信任

有些事情必定是无法挽回的
神啊,我们互为知音——
阳光发白透过窗户照进房子
让她天籁般的歌声温暖我
也温暖你

夏 夜

午夜醒来的女孩

她独自闻到
月光
和荷塘淤泥的味道

此起彼伏的蛙声中
树叶纹丝不动
夜的肺叶
有力地
一收一鼓

时间的微风中……

女孩长大离开以后
木楼上的镜子
开始寂寞——
它有不再被需要的存在荒芜

木门外的晒台上
那串自制的旧风铃
似乎也有感知——
时间的微风中
她轻轻摇响的声音
多么缓慢、空旷、悠远……

王妃作品选

王妃，1972年生，安徽桐城人，现居黄山。著有诗集《风吹香》，爱情诗选集《我们不说爱已经很久了》。

望春风

冬天把一切拿走,树木还会继续
它们吃叶子的汁,养绿色的血
把叶子织成灰袍,围在脚踝上取暖
长着眼睛的叶子,飞得最高
站在细细的枝丫顶端
它们望春风呀,望春风

冬天把一切拿走,春天还会继续
叶子吃树木的汁,养绿色的血
她们是勤劳的姑娘,忙着编织绿袍
小鸟站在高高的枝丫上
最美的叶子,都长着漂亮的翅膀

祝 福

我没有你想象的那么坚强
也没有你想象的那么脆弱
黑夜太长而我
刚从一个梦魇中脱身

遇见你

就像在丛林中迷路很久的一个人
看见一条发出微光的小径
像飞蛾遇到火
带着希望和绝望扑上去

我信任你就像信任
每一条小径的尽头都指向自己的家
即使黑夜照常降临
新的梦魇随时蹲驻在某个岔口
我也不再害怕。

感谢你，让我享用
最美最真的喜悦
感谢光缠绕我
缠绕这小径的鸟语花香

天上的事

早起，抬头望一望天
有时也会讨论几句
无非诅咒或赞美，皆为废话
这惯性，说不上好与不好
我们都是顺从天意的人

云比我们飘得自在
鸟比我们飞得高远

赤日当头,或乌云密布
我们低头顶着,行行复行行

只有夜是公平的。我们乖乖睡下
任黑暗裹成混沌一体
天上的星月,地上的萤火虫
都弄不出大的声响。
他们相互打量
谁也不说羡慕谁

在田野里

溪水清亮
绸缎被烟花弄脏了弄皱了
我还是喜欢,把疲惫的脸埋进去

翻耕的田垄归之于田垄
褐色的沉默,是最丰润的
此时我想种下一个人
就一定会长成我要的样子

鼠曲草好小,荠菜开出米色的花
油菜尚在懵懂无知的年华
我又迈进新的一年
站在田野里,仿佛一切都未改变

我是柔软的

但我也是坚硬的
不要妄图对一个受伤的人说教
在伤口上撒盐或抹蜜
无非是想提示：看啦，在这儿
这里有伤口

没有人真的能做到
让一个受伤的人无视伤疤
忘掉疼痛
不计较那时候的完整和柔软
属于另一个人

如果你想接受现在的我就
必须接受：我的坚硬，
停下吻你以自舔伤口的怪癖。
我不能给予你的柔软
在伤口上会开出喜悦的花朵

危险生活

这情形我在小说里写过：

车子喷着热气从寒夜里冲出
接下来，我们该喝点什么
我们该干点什么
啊，老司机老套路
小说和诗歌都该扔进垃圾桶了

但诗人偏偏倔强地说不——

月光掠过熄灭的火焰
深秋万物清凉，沉入黑暗深处
用内心微弱的暖意修复自己
我们静静立于香樟树下，借助
柔软又笃定的眼神
贴紧又松开的怀抱
努力把一首糟糕的诗救活

叶菊如作品选

叶菊如,70后,湖南岳阳人。作品散见于《诗刊》《中国诗歌》《星星》等。参加《诗刊》社第25届青春诗会。出版诗集两部。

农历九月：一切将再次变得安宁

在洞庭湖边，不断被我卸下的
是一个浪头又一个浪头

落日，那么泰然自若
渔舟唱晚，便有些轻率了

倘若一朵渔火将凝视珍爱
而阴郁的命运又用尽了那段特别的时间

就让我在你的山河
赦免过往，一步步接近正确答案

再写相思山

1

大山寂寂，花开失控
流萤和星斗相迎，何其遥远的往事

2

溯溪而上
滢滢淙淙；水花点点
一条上升的溪流，指着相思瀑
——像是说着过去世界里的秘密

我是一个形单影只的人啊
走在这里
多么羞愧

3

现在
神秘而苍茫的是时间——
它不解风情，它改变一切。譬如相思园
苍茫之上
曾经"两个青蛙鸣睡莲"的池塘

干涸得
像是谁动用过的谶语
亮出了一截骨头

4

风微微吹动
除了花开，除了阳光和云影
蝴蝶和苦竹寺
我所希望得到的，还有半坡上木屋前的轻笑

——我和一行雁影碰杯：
让我从旧时光里取走一枚枚暗器
但留下爱情与相思

自画像 2017

必须有一树火红的石榴，开在窗前——

如果非要说出真相
那就是一记一记钟声里
又一记，真切的喟叹——

多久了？在相守与流放之间
我拿不准尺度
无路可退时
我借助一个人的舞蹈
甚至对着那片栀子花，泣不成声——

那千山万水的起伏和百转千回的疼痛
是必须要经历的么

但此刻：栀子花微微地动
就像一个人
对 5 月 23 日
"沉寂、无言、而又苍茫" 轻轻说不

崖上人家

1

从屋前走到屋后
除了石头,还是石头

甚至路都秘而不宣地挂在石壁上
像是倾听——

怎么这么多的流水啊
它们说的不只是陡峭的语言——

2

是谁猛地亮出锋芒
整个山间落木萧萧

已相忘于江湖
向红的山楂
可是一别两宽、各生欢喜的幌子——

3

那个被展览的人
那个接近天空的人
暗暗晃了晃——

必须有山一样的注视落入心灵
她才能卸下内心的石头和星宿——
变得柔软，且宁静

坪上书院：近黄昏

如此空旷
秋阳下。收割后的这一片田野
收起自己的起伏——
它闲逸了

小黑羊舔着禾蔸，偶尔叫一声
悦耳动听
一群鸭子，跟在一只鹅后
而不是飞走

太阳还没落山。火烧云像晚霞
从一个人脸上升起
我琢磨那小黑羊如是一白马
我就要
亲亲它鼻子

郭金牛作品选

郭金牛,60后,湖北浠水人,现居深圳。参加《诗刊》社第9届"青春回眸",获北京国际华文诗歌奖、金迪诗歌奖、鲁藜诗歌奖。著有诗集《纸上还乡》。

我怀疑自己是一只七星瓢虫

千年的
赵庄、宋庄、周庄，总有一些
多余的"黑户"，埋伏在
共和国

无论祖国多么辽阔
住在草叶上的
七星瓢虫　它们
都比较惊慌
逃命时
落入蛛网。

说这句话的时候
一辆辆スズキ株式会社的机械
开进水田村，它使出"日立"牌力气
正在挖掘汉人和非汉人的
坟墓

风吹草动
我怀疑自己是一只七星瓢虫
在剥了皮的土地上
开始胡乱悲伤

眼中的有机玻璃
一半是海水。
一半是火焰。

小镇诗人的下流生活

小玉米
生育最好的村庄。
大建设,分娩了家乡最高的武汉中心
它。以每5天一层的速度
"拔节"
438M。

作为此地的小镇诗人
他喜欢
着旧的棉布衬衫
在纸上,手绘汪家坳上的腊梅
落红,落白。
唉,都没啦。

偏执的诗人郁郁寡欢,投身网络
挖坟
盖楼
爆吧。
而少时的同学,进入了上流社会
经济学

MBA
消灭农作物。乡土。

陆续扩大行政级别。

也有同乡
用小镇诗人的诗,与武汉中心比高低。
与子弹比快慢。
与金钱比价格。
与干部比党性。

我只愿意与土地比
与井水比,与作物的种子比
与去世的母亲比。

一封死后打开的书信

五朵桃花都有谁呢?
她们穿着小布鞋、印花土布。浅笑的太阳
有各色胭脂。
母亲,总是将一碗流水端平。
是呀
三朵桃花是别人的妻子,两朵桃花是亚细亚的女儿

两个受伤的人离开了

父亲
说说吧。我想知道
一封死后打开的书信,是怎样让巨大的太平洋
经过钱塘县
首先,身体受伤的人,溅出鲜红的桃花
而另一个心灵受伤的人

眼里流出来的则是太平洋

很奇怪
爱和恨,都没有诀窍
阿离和她的玉箫,夕染和她银色的颗粒,春江和花月夜
短发樱桃将饭菜端了出去,她们都没有爱过
胖胖的国家和官吏
父亲像烧红的铁冷却下来,最终,红光暗淡

他没有时间将自己的粮食用完

许・共和国

我爱你穿过的白纻裙
和绸缎
许。
她有纤细,含香,吹弹即破的
小秀
她有春风拂过

令人战栗的性别。

我爱的甜玉米
它经过你雪白的牙齿。我爱你走过的路
和乘过的火车
它经过泉州。
它的速度
等于我去年的速度。

你种的草木,她们茂盛,我爱她们
你使用过的
纸　邮票　信封
都归邮差。我也爱她们。

我爱你呼吸过农业银行的阳光
和资本主义的空气
她干净,很像共和国的母亲
均匀地
分给了每一个人的肺。

我爱我的玫瑰和她的刺
和痛。更爱你睡过的木头和江山
每一寸土地
都归人民所有。

我进入时光隧道
而长江进入太平洋。

弓车作品选

弓车,1963年生,山东东阿人,现居聊城。获山东省第二届泰山文艺奖(文学创作奖)。出版诗集《走出伊甸》《走过田野》等多部。

我是稻草人

中年之后,我宣布我是稻草人
请给我穿上衣服,最破烂不堪的
像一片片流产后的乌云
请剔除我眼中的瞳仁,瞳仁里的日月
只留下几片白云,刚刚出岫的
请割掉我的舌头
让我发不出一丝声响,就让我无法出声却
声嘶力竭地朗诵屈子的天问和大江东去
请让我无视无觉无嗅无知无感
你们可以砍我,削我,扎我,刺我
我无一声抱怨
让我的双腿深深地,更深地插入泥土
如此,我发抖时谁也看不出来了
蝴蝶会栖落我的肩头,带来
前世繁华的故事和来生无尽的寂寥
最后,请给我戴一顶梵高的草帽
遮住我被割掉的耳朵
让我听不见一丝一毫的车喧、市嚣和人声
只让鸟儿落满我张开的双臂
它们一点也不怕我,从我胸口啄出我
一颗颗心跳:春天与麦粒一样
秋日与玉米粒相同

黑暗部分

琴弦是藏在这里面的,比如蟋蟀、夜莺
还有我的许多能够鸣奏的诗句

原本不想出售珍珠翡翠的人看到了流星
他撒开了手,以篝火的形式照亮了心空

顿悟者与愚者一样,把手比作根须
让花怒放,任草摇曳,他在泥土里寻找着绿

我是一名愚者,多少年没有领悟神谕
今夜起,认识月亮、星星,与一条迷路的蚯蚓结拜

天 鹅

我梦中的天鹅在唐诗里游,但不能有烽烟
不是能跟岑参去边塞

我梦中的天鹅在关关雎鸠的河之洲
举行初恋的仪式

我梦中的天鹅在忘川上游

忘记了前世的那一记记闪电
忘记了我一直在举着火焰,于十指之上

我将所有的笔和墨水抛弃
我不立文字,在她洁白的羽毛上不着痕迹
就像白云出岫,我是岫,是青山,一言不发

这些都没有了,我说过的:
唐诗,河之洲,茵梦湖,汨罗江,瓦尔登湖

梭罗关闭了柴扉,陶潜将菊花插满头
屈子穿走了她最后一件洁白的衣衫

留给我的,只有一根羽毛,我做成了笔

最后的歌手

可能吗,我抑制住了80级的风暴
让一只蝴蝶立在稻花上等她翻转过翅膀

可能吗,我让雷、电从我经络里穿过
让每颗雨滴都有了我心跳的属性

我横着弹竖琴,不挑拣麦子的高矮
我立着按笛孔,任野花惊恐之余乱咬

我被咬破的十根手指，啊，滴着红色的火焰
抚过一颗颗黑豆、黄豆，一颗颗谷粒

点燃了一朵朵棉花，以及睡在棉桃里的
天使，天使握在手里的北斗七星

这北斗七星做成的钢琴，归我独有
这根根直立着的玉米、高粱的长笛、短笛

归我独有。当世界华丽转身离我而去
我在蝴蝶翻转过的翅膀上，找到了曲谱

从此不用非要说人类的语言
可能的，我一出声，就是雷，就是电……

在风中弯腰低头的不只是花朵

在风中弯腰低头的不只是花朵
还有我
模仿一棵在八级风中的柳树、榆树、杨树
模仿一株在0.5级风中的小草
模仿一颗做梦的星星
被从银河里吹出，遗落了它的戒指

模仿庄稼，我见过的，未见过的
在风中弯下腰来低下头去

我需要做的，只是努力不让树上的鸟巢
掉落，不让草叶上的露珠，带着它身体里的
太阳或者月亮滴落尘埃
不让星星干涸，只让它的戒指
在我的南山下丁丁当当地滚动、滚动、滚动

在风中的我，暴风、飓风中弯腰低头的我
伸出手来，紧紧护住腰上的玉米棒子
护住头上的麦穗、高粱穗
而露出身体内外的伤疤，伤疤里嵌满了庄稼种子

农贸市场

跟着一枚苹果回到树上再回到土地
跟着一棵油麦菜回到菜园再回到土地
跟着一片葱叶回到蝈蝈的琴行
再回到土地
跟着一穗玉米回到我西河村
涉水过西河，再回到土地

跟着一颗露珠回到天堂

跟着豌豆公主回到她的那枚豆荚
求婚之前告诉她真相：
我是泥做的，赤裸裸来，赤裸裸去，一无所有

郑成雨作品选

郑成雨，1970年生于广东茂名。作品散见于《诗选刊》《草堂》《星星》《扬子江诗刊》等，有作品入选多种诗歌选本。

飞来峰

乱石似嵯峨人世。我与尘世中的事物
从来都隔着,太阳和星辰的距离
谜语般的荒草,从一座山峰
铺向另一座山峰

飞来峰在人间碰肿的额头
飞入山中,便成了孤悬的巉岩
下面是绝壁九千九百九十九丈,世道人心
早失足跌成了碎片

背风处的缓坡,有意消解
世事的陡峭,坐在缓坡上点一根烟
便可与阳光促膝倾谈,与草木
面面相觑。身后的山洞要开口说话

倒灌的山风,又让它失语
在飞来峰,我举目无亲
唯有峰顶孤绝的尖塔,远远望去
看似我的亲人

雨打秋荷

败象已现,水面上铺满了
生活的残叶。雨打秋荷
所有的声音,都在这急骤的雨点上了

世界尽管喧哗,而从未有过的
安谧,正在狭小的空间蔓延、扩散
犹如一张揉成团的纸,在水中
慢慢变软,吸饱生活的水分
舒展,直到完全打开

新采的茶,阳光的味道,雷电的味道
风沙的味道,雨水的味道,集于一身
此刻正敛起香气的锋芒
渐渐,潜入壶底

玫瑰向夜晚开放

玫瑰向夜晚开放,相当于
一场革命,从地上转入地下

在体内张灯结彩,毛孔吹出唢呐声

五月的玫瑰,香气有毒
从花瓣中蹿出的兽,把血管
奔突成江河

防洪堤不断被筑高,加固。
体内有撕咬的声音。江河快要决堤
水中的火焰,吞没凌乱的水草

水草不可渡,岸在夜幕下
越走越遥远

我总是独自一个人爱上了沉默

如果一树的蝉鸣等于一个白天
一片草地的虫吟等于一个夜晚
那么,需要多少鼓腹而鸣和窃窃私语
才能堆积出这个躁动的夏天

所有能够发声的事物,都在拼尽气力
向高处而鸣,要让天空
听见它的声音。不能发声的树叶
也振动翅膀,让满腹的浓绿
破开声音,加入喧叫的队伍

功利主义的叫声
把整个夏天的每一处罅隙填满

鼓噪的声浪之中,我总是独自一个人
爱上了沉默,在白天苦思,在夜晚
冥想,把自己泡在一杯
清淡的茶里,慢慢变软

我住进一片绿色的叶子里

佛说,潜修千年,低下头,我便可以
住进一片绿色的叶子里。我在绿叶里
避光,避世,爱万物。在一片绿叶里
先于大地亲抚雨滴,先于花朵
听见风声。必须是一片绿叶,我才可以
用一滴绿倾听天地:有鸟声可以啁啾
有虫吟可以低鸣,有露滴的喘息
可以晶莹剔透⋯⋯
——这些天地间最暖最亲的声音
必须是一片绿叶,我才可以用一滴绿
遮掩自己的心慌,观照自己的浅薄

至于我住在哪一片绿叶里,我不告诉你
让你想起我的时候,就去爱抚
全世界的叶子

越是低处的事物越奋力鼓叫

一场大雨刚过,每一片叶子
都学会了鸣叫,争先鸣叫的
还有其他低处的事物——
蚂蚁的鸣叫,用它的触角互相传递
瓢虫的鸣叫,仅高于翅膀下面的灌木丛
青蛙的鸣叫,怀着小于井口的梦想
蜗牛的鸣叫,低于草根下的爬行……
越是低处的事物越奋力鼓叫,向阳光
索要更多的温暖,向天空
索求更辽阔的自由。它们的鸣叫
在低处扎根,向高处传播
高一声低一声,拼凑出这个夏天的不安

而耗去一个春天又一个春天
爬上绝壁的草,在高处噤声

髯子作品选

髯子，60后，甘肃白银人。作品散见于《诗刊》《星星》《诗歌月刊》《诗选刊》等。获第五届黄河文学奖、第三届《飞天》十年文学奖等奖项。

局中人

其实，对弈者
都是棋子。从小在棋盘上学习走路、过河
学习驭马、驱车、翻山、越岭
学习丢卒保帅，你死我活……

其实，对弈者
都是局中人。只要面对面坐下
他们之间就有河流、鸿沟
只要面对面坐下，他们就是一盘棋

其实，旁观者
也是局中人。他们能看清他人
却看不清自己
他们总在思考：留下退路的人
能否退到局外，退入林下
隐去身形？

风中的旧报纸

春天，街边林带里
一张旧报纸，飘不起来

也静不下来。它哗啦哗啦响着
北风南吹,南风北吹
哗啦声是它唯一的声音,全部的声音

它用哗啦声读过期的新闻、讣告、声明
以及寻人启事、征婚广告。它用哗啦声
描述花草、细雨、鸟鸣
它用哗啦声把自己的影子取回,又扔远
它用哗啦声把寂寞撕碎,把孤独揉成一团
它用哗啦声过河拆桥、破釜沉舟,与自己对阵
它用哗啦声把自己打开——
使长方形、正方形更适合透视内心的秘密
它用哗啦声擦拭自己、卸空了自己

在它不间断的哗啦声中
对面的打印铺面里,每一张纸
都心神不宁,每一张纸
都出现了褶皱、波澜
每一张纸都包上火,发着爱情的高烧

吵架吵出一根针

电锯如牙齿。隔壁
冲击钻深入墙体后,才感到
一对中年夫妻的平淡生活,和若有若无的爱情
仍然边界清晰,不可逾越

互刀如舌。而灰铲是打开的铁扇
——在某层的书房，铁锤砸墙
开窗观看远景，声音如惊飞的喜鹊
恨不黑，也爱不白

楼梯，每上一层
或下一层，声控灯都会曝光、泄密
顺着一根线，吵架吵出一根针
它细小，没有一丝破绽
锃亮，如一缕闪电，醒着
警惕自己生锈

半瓶水

当街道拐弯，突然变向
她无法回避：迎面的秋风，飘零的落叶
以及一个因转身太快
而内心产生漩涡的人
因此，她将半瓶水丢了——
半瓶水，一直滚到了马路边上
才忍住痛苦
才终止了美丽的失态、冒险

半瓶水
半边不爱了，半边还爱着

半边空洞,半边沸腾

捡起半瓶水
我半边轻,半边重
半边是水,半边是岸——
涛声不绝,像爱承受着不爱

最后的莫西干人

竖着吹,盖纳笛
是他的嗓子。穿过笛子的风、溪流
炊烟、群山、草坡,以及牧群、鹰
音质因物而异,各具色彩。间或
排箫插入抽泣声和排比句
"我们来自哪里?我们是谁?"
…………

与天交流,摇荡器
以巫术蛊惑他。他手握冷云、雷声
浑身抖动,哗啦作响
自己给自己下骤雨。而天空肃穆
低于想象,是一帧动人的大好背景
"笛声是路,笛声尽头
部落像在时光中迁徙的群峰,闪着
神赐予的白光"。他在一首曲子中
回归、返乡。星辰神秘

像祖先的在天之灵

——泪，是一种液体语言
他用眼睛说出时
在场的人，都懂了

肯　定

一张白纸，不是处女膜
不是留白，空白
不是寂寞孤独，失恋失眠

不是一草可愈的小疾，也不是无药可救的绝症
不是白日梦，也不是人生最初的一页
不是进入黑暗的门窗，也不是风一吹就开始演奏的枯叶

不是李白的名字，亦非白居易的姓氏
不是凝霜的一个早晨
更不是"小雪""大雪"这种寒冷的节气

——当否定了最恨，最爱
也消失的时候
一张白纸就完全黑了，月出星显
我关门点灯：想一个与夜晚相同的人
做一件明亮的事情

梁积林作品选

梁积林，60后，现居甘肃山丹。参加《诗刊》社第21届青春诗会。著有诗集《梁积林的诗》《神的花园》等多部，短篇小说集《寻找道尔基》。

门

一声鸟鸣,如同一把铜锁里的簧动
开我言语
开我天空
开我血管里的一个库存

我的河流高高在上
我的星辰
滴水成冰

每一次劈柴,都是一次航行
每一个新词
都是一次修复
取出火焰
取出嘴唇
取出月牙的锚和黎明

所有的雨

想起白塔,想起芦苇荡里的那架
蹲着一只候鸟的水车
似乎,所有的雨,都是它运过来的

天空里挂满了流血的眼睛
和祈符
我不要闪电,不要光弧
只要一声鸟鸣
像一只陶罐被一个远古的人,轻轻地
敲击了一声

所有的雨,都被黎明的梦冻结
所有的雪,都被死亡
还洁白

卜 水

——记：卜水精舍客栈

鸟鸣,还有马车走过的铃铛叮叮
露水打湿的脚印,像一行归来的船队
欸乃着我们的心跳之声

卜水。阳光的手,从每一棵桃树里打捞出
一盏粉红的灯笼
请占卜一下吧
一朵荷花里有几世的忠贞爱情

卜水,卜每一个早晨,也卜每一个黄昏,像
谢默斯·希尼,爱尔兰的卜水者

打着手臂的火把寻找的人
水就在你们的身体里滚滚洪流

拾级而上
卜水啊。云南普者黑，能摸到星星的地方
摘云，摘星
还可以摘一枚金币一样的月亮
占卜来生

普者黑的水

那么多积压的水
究竟需要多少荷，多少桃花，和
多少个身体
才能汲送到一场轰轰烈烈的爱情地

就连那块月亮
也像是一个比如辘轳一样的专用工具

还有谁，能和我一起分享
这天上与人间
共同的秘密

弥 勒

湖上有一叶舟,有一对来生
夜里下雨了
给佛带来了些许能了却和不能了却的事情

飞翔的虎
还有一些乱云飞渡。所有的世界,不过是
一页,晾晒的经书

横 风

一个一个的隧洞,紧接着的
横风。火车震颤了一下,继续前行
一夜了,山岭之间
这样反反复复
晔子,我想,普者黑和他的卜水精舍
他是那样的坚韧
让我吃惊

我枕边放着奥兹
火车的轰隆,像胡狼
嗥叫了一个晚夕

劈　柴

他在劈柴，劈开了一座寺院
纹路整齐，像一捆韭菜
结疤是一串一串收纳了多少罪过的佛珠

寺院啊，一扇扯满蛛丝的窗户
何不是一截切开的藕
连着谁的前缘

他把缸里的水添足后
洗起了月亮
搓啊搓
白白的胳膊，白白的手

陆新民作品选

陆新民，1956年生，安徽南陵人。作品散见于《诗刊》《解放军文艺》《星星》《扬子江诗刊》等。著有诗集《拾穗集》《陆新民诗选》等多部。

老　歌

如果有一支歌
一直在你心头萦绕，耳畔回荡
它肯定比你年轻

但是它确实老。在你之前
在你父辈之前，它就已存在
它活跃如不倦的铁马
踏遍青山向你奔来

"搂着天马的脖子，来！"

它穿透你，它的旋律
仿佛让上帝吻过。让你
插上飞天的翅膀。借此
把江河湖海纳入丹田，随身携带
怀念，鞭策，守望，向前……
是的，它成为你自身的一部分
如同不停生长的爱，透明灿烂

漂泊无定的历史

住在石头城,想着石头
石头的闲话,以及以石头自居的人
需要坚硬的心

一粒石头跳到花丛中
千年或者万年
寄情山水,怀抱苍穹

石头有时更像一个暗喻
在它精细的纹理中
月亮和星辰喑哑

我曾骑着江水,将它奋力一掷
老人说,不要随便摔出一块石头啊
生生不息的美,在逃逸

夜山顶

登上山顶的喜悦
让侧面偷袭的一阵风吹凉了
黑森森的黑,在乱草丛中

让人陡生惊惧

黑夜适宜自省。但周遭似有虎豹
和比虎豹更狠的同类
黑也让人盲目，填平了沟壑
仿佛信手就可摘下小星

自省源于内心。现实是
风在持续，连最粗大的树都在摇晃
最坚固的磐石都捂紧眼睛
危险来自鸦雀无声，来自

这座山，甚或比山还重的
我们无法安抚的心

秋　事

有时，感觉你无所事事，
讲些过往，目光爬在一棵山楂树上，
敏捷，简单如蚁。

有时，你感觉无所事事，
捻着金缕曲，曲膝
择菜，或行走于某个小教堂。

一些花如历经魔咒。

你只须知道,秋蝉放弃歌唱,
形色无嗔无喜。

廊桥流,飞檐勾勒理解。
水往深里黑,云填着虚无,
懂得安定,与色空。

月光之碑

——观"漓水·古越"大型实景演出

没有月光,我们可以造月光
只要我们心中有月光
铁皮桶上,我们泼出水
绣球,灯笼,木屐敲击缠绵

狞厉之美。从夜色渗出
铜鼓在喊,毛巾在拭汗
花伞诉说平衡之道
月亮穿透大山。还有那些水
也是月光浣洗的。今天
我们的诗,乃月光燃尽之后的悲悯

我们不去照应世界。我们只
造一座小小的碑,引渡自己

挥手的人

足足 30 米开外，他逆着光向我挥手
嘴里还喊着什么，人多，我没听清

我的喜乐细胞被深度激活
一大波接踵而至的朋友，推搡着来对号
瞬间：20 米，10 米……
他是谁？我的不安在加重
我用手紧紧捏住

唉！情商不高智商也不高
还有，丢三落四的宿命
近在咫尺了，挥手的人
你到底是谁啊

……向后，向后！对我的脸书，他置之不理
他的目光和手，抵近并越过我

我看到的是：浓密的梧桐包裹的热
想是搁置太久了
它哗的一声被扯下来，砸向一个痴汉

皇泯作品选

皇泯,本名冯明德,60后,湖南益阳人。作品散见于国内外报刊,有作品入选多种选本。出版诗集、散文诗集多部。

失意者

城市困了
霓虹灯打着哈欠

失意者就像一个来自乡村的壮汉
找不到养家糊口的体力活

生活的扁担倾斜着
一头顶着天
一头挨着地
支点消失

生命，早已瘦骨嶙峋了

生命
早已瘦骨嶙峋了
爱情
仍在强身健体

仿佛，肉骨头
有滋有味的

咀嚼在狗的味觉里

时间　盯着我

躲到 Brigitte42 号阳台上
刚点燃一支烟
又被从客厅内传来的禁烟令
掐灭

时间　盯着我
在斜进花坛的光影中
张牙舞爪

看得到捉不住的光阴
化作辛酸的泪水
在阳光下
一点一滴晒干

你就是一头牛

刚刚翻耕的田野
还松软着泥土的清香
刚刚播种的田垄
还未来得及发芽

夏天没有时间施肥
秋天没有时间摘果
你又开始耕耘了
你是一头垦荒的牛
原野无垠
开垦不止

从原点出发回到原点
哪怕是绕地球一圈
你始终在开垦中
种植自己

摇响铃铛　清脆心灵的声音

看着你疲倦得拉不动犁
我四肢无力

看着你郁闷地反刍枯草
我愁眉苦脸

看着你落寞地磨蹭栅栏
我孤苦伶仃

摇响铃铛
清脆心灵的声音

你会找到春天的田野
我将在青草丛摇曳晶露

心，不痛不痒地受伤

在你背转身的时候
心，不痛不痒地受伤
就像风
软时是披纱
硬时是沙粒

又站在风中
裹着披纱
沙粒，从左眼灌进
泪，从右眼涌出

心，在你离去的背影里
硌痛

一句话跌倒在门槛上

真的是醉了
醉了，为什么

还要说没有醉

那是一个人借酒消愁
还是借酒吐真心

尽管,很多次借酒壮胆
说出一些莫名其妙的话
但是,已经说了
就收不回来了

一句话跌倒在三寸高的门槛上
却回不了家

詹海林作品选

詹海林，80后，广东潮州人。作品散见于《诗刊》《中华诗词》《诗选刊》等。出版诗集《并非现实》，散文集《破碎的水滴》。

白　露

时间到了尾声，夜色抹去了
天空阴沉的脸色
这一天我没有欠谁的酒钱
大雁从来不会，因为我的呼唤
再飞七百公里，从长沙到番禺
展示一字雁阵。白露凝霜
近乎寂寞的夜，问候成了一颗种子
内心没有多余的泥土种植
试问来年、在哪里春暖花开

与秋天相关

蹚过铺满鹅卵石的溪水
冰凉弥漫全身，白雾在山脚下
等着，里面有取之不尽的
鸟声、草气、花香
我把时光推移四十年，水口庵
还没有现在金碧辉煌
那些从下寨、西大楼、下新楼
去新丰墟的乡民
有谁进去给佛张了香

大家都忙着置办农具
再不收割，稻草人抵挡不住
汹涌而来的麻雀大军

秋　梦

梦沾了羽毛，它就飞了
青荔庭院，这是谁的地方
一杯茶不是热了，就是凉了
鬼魂居住的青山，月光的花
从中元节开到中秋
是生之无常，还是人情薄凉
到了年华的高度，才渐渐明白
秋水漫过的河堤，哭泣的不是庄稼
是戏水上岸的鱼
秋夜不漫漫，而我走入旧时相识
捡拾了几个往事的碎片

客　程

我从零点起程
一片黄叶子飘下来，砸碎了月光
她涂抹在指甲上的怨恨
没有一场秋雨，代替洗去

走完一条曾经想走的小路
遍寻不到，故意丢失的诗心
湖水碧蓝，落日和黄昏亲近
我只带走了一手机鸟声
其实我没有那么多欢乐，闲愁
却常常触手可及

背着喧嚣的雨滴离开
依稀有雨打芭蕉的旧梦
那个时候，温暖是短暂的
我想要或不要的生活，没有方向

秋　天

粮食是大地的灵魂
它们在这个季节
以饱满的浆果滋养大地
那些背着房子走路的人
那些把花朵当作毒液的人
对秋天的到来一无所知
对秋天的爱情一无所知

谁还能明白付出汗水的同时
回报并不是理所当然
我要向神农氏献上楚国的包茅、牛头
稻田里同步长大的鲤鱼

献上麦田里过剩的阳光
玉米地里珍珠一般的露水

谁也不知道下一刻的时光将发生什么
但秋天确实到来,带来最圆的月亮
最清爽的风,好看的枫叶
以及沧桑过后,韵味十足的年华

秋　雨

她要在长假过后,洗涮阳光
照耀俗世的阳光难免蒙尘
她要在我离开之后的故里
洒下一滴滴的珠露,喂养鱼
鱼的亲戚鸟,蒲草和它的朋友青茅

沐雨上班的人群中,快乐装在口袋里
赚到钱,用来购买梦想
秋天有太多美好的回忆
月光下的大雁,一首歌里的凤尾竹
观音寺外边的沼泽,洁白的泽泻花
我都想拿来装饰雨声中的心情

我生活在行走和独坐转换的时光里
何不在这一刻,滤去灰败
让桃花提前盛开,在湖畔

让石头从圣山里下来,在画几相伴
让你我的内心分别打扫出一条小径
插一把茱萸,温一壶浊酒
与一个古老的节日相会

秋天的海

你每一天都用蓝色的一面示人
却把黑色的一面,藏在黑夜里
去采摘黑色浪花的人
他的菜园必定种满了菊花
他把浪花挂满了篱笆
只是希望有一只鸥鸟
在篱笆上驻足,说一声:秋天你好
然而世事总不尽如人意
月圆了会缺,潮涨了会落
心累了,对生活的热情会消退
所以我记住了夜晚的你
也记住了所有离开我的朋友
他们不知道我秋天酿的酒
已经深埋地下,如果打开封土
必定熏醉了秋天

唐新果作品选

唐新果，1963年生，湖南株州人，现居东莞。作品散见于《诗歌月刊》《中国诗歌》《诗歌报》《湖南文学》等。

昙花引

说到际遇,其实内心并不沮丧
擦去命里那些多余的黑色
我已能够心平气和地面对
一朵开败了的昙花

我不是一个依靠感动
开启生活的人。自从春天
错过了一份托付,便仿佛无心去想
那些没有希望的事物

在不明不暗的光阴中
我还不能把握每一个瞬息的真意
只是在寂寞与喧哗之间,倾心寂寞
在敞开和遮蔽之间,甘为遮蔽

扶持月光满窗的孤单,慢慢说服
每一次黯淡的梦醒。让自己
成为自己,纵然不是生命的唯一
抱得一瞬绽放,即已足够

雨　水

我相信自己是能够在花朵中
看见雨水的人。很长时间，我不在
春天里栖居，忽略了自己
对美好事物的渴望

我使劲地拧着一些干瘪的日子
从不对天空予以虚情
即使雷暴，来而去之，也只是
心里潮湿一下

但现在，我懂得了滋养更深的意义
像大地一样宽广的生活
到处透着雨水的影子，包括
草木的青绿，江河的起伏

也包括我的直立，以及奔跑
我不再是一块假装什么都不在乎的
路边石，即使是坚硬的所在
也藏着种子的芽口

藏

一件旧物搁在手里,并不加重
生活的分量。一句重复的赞美也是
天空吞下乌云、闪电和雷暴
普照的阳光最被珍惜

在通往记忆的路上,我曾经看见
有人刨开一片雪地,取走草根
他的心里深怀着春天;有人砸碎
一块被遗弃的顽石,他还没有
得到点燃自己的一星火种

这平常的际遇,总有各自的所求
像我,从一朵鲜花中获得初始的战栗
一粒泥土就够了;从谷物中咀嚼
一生的苦乐,一季的风雨也可慰藉
而从黑夜里掘出最亮的思想
还需要一颗不死的心——
青山巍巍,大河滔滔,得失寸草
生之所有也是大地的因果

错　觉

大雾弥漫
那些依靠速度和飞翔谋食的候鸟
多么无助和难过

我打开窗子，让进一些雾气
试想感受一下苍茫的深度
却传来扑棱棱迅疾的飞声

我错愕不已。也许雾，并不在雾中
我们庸常的心思，还无法理解
天空中所发生的一切

裂　痕

我越来越喜欢玻璃、瓷片、大理石
这样一些平整、光滑的东西
每次触摸它们，仿佛自己也变得
明亮而单纯

我的这癖好，或许和以前对于裂痕
过于敏感有关。记得小时候，住老房子

穿旧衣服，窘迫的日子里，与人相处
总担心哪里突然裂开点什么

很长一段时间，看到有裂痕的东西
我都会突然变得焦虑。比如，天空中的
闪电，人身上的刀伤，各种莫名的隔阂
它们都可以轻易刺痛我的心

我常常提醒自己，不要随意地
去撕裂什么，哪怕是一江浊水，也不
快意地抽刀，而那些隐藏在心里的裂痕
用一生的时光，慢慢抚平

罗爱玉作品选

罗爱玉，1972年生，湖北随州人。中国作家协会会员。著有诗集《青青玉米地》《我想送你半个天空》。

旗袍女子

暗香袭来。梅花淡淡地开着,一幅中国水墨画
和需要一双手轻扶的手工盘扣
遥相呼应。不用借一纸旧宣纸
山水和春光,已在旗袍女子的侧影里
若隐若现

风,吹着开衩的裙摆
她手捧一本线装书,在宋词的旖旎中
从容守护着。梅花纷飞,如一朵朵胭脂
飞上脸颊,斜襟。
夕阳下的弄堂是金色的

她一动不动。安静。端庄。凝望着远方
远方空得尽似
虚幻,但她含笑的眼角
分明住着一位风尘仆仆,打马而来的少年
水珠在他浓密的黑发上
闪着光亮。黄昏,越来越开阔

在一封旧情书里等你

被我用旧的黄昏才可以让群山有些灰白
南瓜花在秋天的夹缝
安静地开,长空,透一丝寂寥
而此时,我只能用尽薄暮
做一件事情
弯腰,在时光里拔一些荒芜

词,虚掩着。隐世或遗忘
有初恋般的笑从抱起的荒草中,滴落

怀揣一封旧情书,我站成了一片盐碱地
在一片汹涌的,芦苇的白中
等细雨霏霏
等斑驳的船。长发和落日,在慢慢坠落

太行山

我喜欢的男人一定是这样的
干净,澄澈,理着寸头
结实的胸肌
完美,清晰地裸露在世界里

他擎起着辽阔

他一定不是
忘却天涯的石头,而是我的
天空

暴风雪的夜,我常会
把红酒和他的名字,喝干
久久地坐着
并不止一次,解下厚厚的围巾
像想一个人样,想一块石头

送　别

有孤帆
远影,有凸现在
江水中的形单影只,就够了

李白送孟浩然,也是
如此。我开始重新锻造自己的
举案齐眉
把残荷的颜色送给天空
把一轮落日,挂在飞翘的檐上
一只无望的,患有自闭症的鸟,踩着轮子
缓缓移动着
有一两根羽毛,轻轻地落下

我看见一只鸟的依依不舍
就从一轮落日开始的

我比鸟幸运,可以在黄鹤楼上
平静地,练习眺望
时光如水。有孤帆
有远影
有活过来的
形单影只,就够了

想和你做一对幸福的雪人

雪,漫上来
一窝窝的。多想就这样赖在
一场突如其来的素色
背景里
迎着风,失忆

隐约的黄昏,衔着
几粒诗歌的麻雀,我已不再
关心了。
此刻,挽着你的胳膊
一小步一小步地挪动着步子
仿佛走在盛唐,洁白的婚纱,让长安街的梅花
扬起了一地的旧词

突然很想穿上绣花鞋
和你一直
走下去,任由你搀扶着
做一对幸福的雪人,做一对迎风落泪的人
直到白发三千
从一桢半掩的雕花木格子窗棂中,垂落

我想和你到小镇去

天蓝,水碧,蔷薇花淡淡地开着
我们背靠黄昏
倚坐在小镇街角的某一块
石板上。小镇上不需要故事
只是静静地坐着,偶尔,我会悄悄瞟一眼
这一天,满大街都是黑白底片里的宁静
阳光也特别清新
拱桥下的溪水,也都是宋词里的婉约

幸福,像一块盈盈的花布,我看见了
它眸子里的清澈。
在小镇的早晨醒来,是一件多么开心的事

只是你鬓角陡生的一窝白发
让我有些,措手不及

谢晓婷作品选

谢晓婷，1977年生于湖南澧县，现居安仁。作品散见于《诗刊》《星星》《扬子江诗刊》《青年文学》等。

小　调

委身于黄昏。不管落日凶险，鹰隼哀鸣
委身于自暴自弃。落下口实。让追踪者现行
委身于寂静小屋。不惊动贪睡的孩子

委身于一首过时的歌。让荒废有理有据
委身于冬之寒凉，秋之萧瑟。让红颜把花开在别处
委身于完美世俗。享受它的甜，和它对应的苦

委身于江湖。要有茫茫大雪，让巡山的猛虎心怀蔷薇
委身于一段狭路。我们相逢，拥抱各自的余生——
乱世我们喝酒，盛世我们著书

诗歌的清明

清明是大家伙儿的，你不能侵占微雨
独霸悲伤。悲伤也是大家伙儿的
你不能说来就来说走就走
你不能一个人，湿漉漉就回家
那一岭暮色，还很盲目
被炮仗惊吓的幼兽，还未除去眼中的惊惶
对亡人的问候，也还不曾明朗

你不能厚此薄彼，伤了草木们的心
不要怕江山旁落，卖刀的都是异乡人
石头调皮，说脏话，满地吐口水
冥币购买的清风，吹折人间涟漪
生活从背后抱住你，亲密得像一对孪生兄弟
怒马绝尘，天下太平
剩下的山水，是诗歌的未亡人

轻离别

等我把这里住旧，等我刚刚萌生据为己有的私心
我就走。行李不多也要留下一两件
留下慢慢降解的过程。走的时候
花儿要开得香艳，让蜂蝶久久萦绕
让我的离别富含深情。要留下遗憾
所以我把未完成的诺言又许了一遍
今日天气晴好，最高温 26 度，最低 16 度
有轻微雾霾，可忽略不计
如果有北风，替我搬一搬行李
如果是南风，我会松开发箍，悄悄回一回头

偏　光

黑夜比白天饱满，多汁

它持续的弹性会拉开距离
让感觉跑偏。脱轨的列车像一出话剧
结尾处弥漫呛人的悲悯
你看他局部的火,整体的喘息
在夜半,如此诡谲。无人体恤
滚烫的仍是昨夜星子,长寿得失去悬念
鱼儿吐出铁钩,逃离课堂
在下游的浑浊里,一层层剥开水的茧壳
剥开内部的酸。这小小的
任性的河流,脱掉秩序的内衣
已东去数百里

忆　及

他爱那群一喝酒就乱了方寸的朋友——
春天不懂规矩,夏天热气腾腾
秋天若有所思。冬天,掸掉内心的积雪
神情庄严,临别励志

他只顾低头吃菜,喝最爱的汤
饱了,就退回到沙发上
他爱着自己:衬衣笔挺,皮鞋铮亮
他把自己爱得热烈又自私,为推掉那顿酒
他中途退场。对于一个在生死线上徘徊的人
他无法再去浪费自己
后来,我们不再约他

偶尔想起，会多加一副碗筷

芬姐的孩子闹腾，把汤弄洒了
有人默默离去
有人相对无言，向着星德山方向
轻轻地哭……

了　解

当我沿着来路折回
一路捡拾夕光的碎片
那倒退的光阴，突然长满箭镞
怨念蛮横。抵达仍是一个不太完整的词汇
在这样的情境，没有石头愿意握手
没有寒雪可供掩埋
我不想说的事很多，累述会加深罪恶
清溪旁饮水的鹨和老牛，对峙着
拼命把影子摁回身体
这是一场战争，旁观者温柔以待
直到黑夜降临，一切被收回
只有我，孤苦伶仃。只有我
试图化整为零，取出黑夜需要我的部分

与陈三共忆流水

我在月光精良的夜晚舞蹈
我在修饰流水,我甚至在呜咽
隐隐的爱意穿透极地之寒
那寒,竟是唇齿间日夜滚动的锋利
慢慢下降的,是岁月
只有岁月,不经意地开花,结果,垂落
只有岁月,像三千瀑布
那么白,那么急,那么义无反顾
无视你我的青春曼妙
无视你我青春的凌乱和野蛮
我该就此打住,收回冷冷的昨夜
在今夜的狂欢里,做你苦苦寻找的浪人

杨杰作品选

杨杰,1972年生于四川绥阳。《贵州诗人》主编。获贵州省第五届乌江文学奖。出版诗集多部。

雪山哨卡

那个4411米高的机场跑道横在心坎上
查到稻城有世界海拔最高的机场后
我的字码开始摇摆
不需借喻的胆怯的摇摆
在触及每一个地名的时候
把雾与高山想象成方位和落差

初到雪山哨卡
我把远方想得很糟很粗很野
自己变得很美很纤很滑
老态龙钟的样子和蹒跚前行

有经验的士兵兄弟说
那样,我内心的文字
和背包水壶才不会从我怀里
挣扎脱手

听说雪山草地之后

听说川南甘孜之后
雪山就打开一个口子

以四季积雪的高度证明氧是稀缺的声响
稀缺是我士兵兄弟绯红的脸腮

刚听说雪山草地是四十年前
就策划找一个人带着我去
让缺氧的人紧紧拽住高原和夏天
口腔里装着生不如死的高原反应和喘息
在眩晕到来之前欣赏满雪的白
或抓住任何一位战友的手
然后，和电影、故事片一起倒下
英勇地倒下，壮烈地倒下

没有倒下过一回就试着要去一次雪山草地
一听说雪山之"白"与草地之沼泽
眼睛里就放出军蓝绿的光
放光是后退的反义词
性格是川南和甘孜滋养的沼泽地
士兵是青冈林和长满胡子的雪松
再高，也要爬过小湖和沼泽地堆成的海子
今生做一名军人

给我一支裸着的维生素和葡萄糖吧

格桑花在铺通川藏路之前
如朝拜的我们，一路上
做着一个相拥的动作

我们不会有一丁点的争吵
我们是路边的一只蚂蚁和小草
并肩与朝拜者的虔诚同行

面对雪山,你手捧经文站立
亚丁、雪峰、森林、海子、草地
溪流、运动鞋、手绢、美食、红景天
都是我的装备和子弹
正是我们心中那一份信念的枪膛和弹道
在哨卡上沿一个方向徐徐飞舞

给我一支裸着的维生素和葡萄糖吧
在青稞酒与酸奶的阅历里,它们救过多少人的命
为朝拜者祈祷行程
为我的士兵兄弟站岗

红草地的两个含义

忘了那天借用了左手还是右手
唯清醒的是拇指食指和中指,用力
一搓,轻轻地一搓,带点劲儿地一搓
水,从红草地的茎里渗漏

雪山下的沼泽地埋藏过我的红军
一汪红草地是高冷的
格桑花开,秋黄胡杨,杜鹃啼血

都争着俏
俏，一种全身红透的虔诚
导致无名指与小指轻搁于枪托却醋意浓浓

红草是红透全身的植物
红草地是红军的另一个名字
或颜色

那一片雪地和沼泽地的解读

世界上，没有比从雪山
被岩羊踩落滚动的文字更美
也可能被红嘴的藏马鸡啄碎

三座雪山相距并不遥远
是谁把脑袋长年搁于雪山的峰
封成了菩萨
观世音菩萨叫仙乃日
文殊菩萨叫央迈勇
金刚手菩萨叫夏朗多吉

是不是这样更多了佛性和神龛
在听说稻城和初见亚丁之后
北高南低与西高东低的群山
是你的样子和羊群
我看见白云伸出的手抱住皑皑的白雪

天依然那样的蓝

锋利的雪山啊
你苍莽马虎与粗犷健忘是我的样子
当过兵的样子

青稞酒

青稞在九月依然不荼蘼地睡去
烈性成黄颜色，保鲜深秋

我们搬来秋天所有的金黄做成栅栏
圈养随心所欲
刺刀、大海、足球场、糕点、冰淇淋
摆成多米诺骨牌
邀每一片叶子的炊烟
点燃眉间的憧憬
闭上眼睛，缺氧与倾塌的冰川和万年雪山
倒装进了酒瓶

穿上绿军装之后
手中的青稞酒
变成飞扬的年轻的文字弥足珍贵
士兵兄弟，我睁着眼睛还高原反应
营地却拥着她的亚丁和相邻的亲人们竖起的经幡
迎着风，站得笔直笔直

三色堇作品选

三色堇，60后，山东人，现居西安。中国作家协会会员。作品散见于《人民文学》《北京文学》《诗刊》等。出版诗集《南方的痕迹》《三色堇诗选》。

长安月

一束清辉从唐朝的塔尖泻下来
这是李白的月光还是故乡的月光

面对今夜被照亮的记忆
我努力地将头仰了又仰

在一堆离愁中我望见姥姥的身影
凌乱的白发在空中飘零

没有一处生活不留缝隙
没有一轮明月会时时盈满

坐在时间的斜坡上
我已分不清是谁梦到了谁

我害怕那些未知的风
落在深秋的窗户上不停地抖动

一个人的深秋有些恍惚，有些孤寂
长安的月呀是纵情也是寄情

我无法近距离地接近黑暗

一天的时光就要结束了
而书房的纸张依然像寂静那么静
它没有翻动的意思
在迷离的光线中它承载着虚空
像我衰老的面孔更加孤单
我轻轻地斜靠在暮色里
不再需要更多的倾诉
这注定是一个泛滥的夜晚
风吹落黑暗,吹落我一生的怀念
长路的尽头堆满了悬尘
没有人能真正地解开时间的谜底
只有墙角的卡特兰,依然开得
有情有义
它们在绝望的姿态中消减着一小块黑色的影子
我无法近距离地接近黑暗
无法拥有一丛向上的祝福
我在不断的失去与拥有中迷惑于时间之外的事物
和一些来历不明的暗喻
它是你的,也是许多人的

下午意外地空着

玫瑰，在暗夜开始警醒
窗外一轮冷月映着雪落下的声音
我的记忆会被短暂地冻僵
一只去年的昆虫
被季节定格在玻璃门上
你没有办法阻止消失的事物
就像没有办法阻止我的头痛病
世界在偷偷改变着它的味道，色彩
一个葱郁的时代快要接近遗忘
我感觉有些孤寂
徒然地望着远处的风雪，落日
和近处的时间
一个陡峭的下午意外地空着

暮色停在唇上

风霜，烟火，天空也空旷得了无深意
风吹过百草，吹过人间的疾苦
吹过一些宿命的暗喻
明月，美人，锦绣都不属于我
就连一阕阕宋词

都被封印在深秋的河堤
很多东西就是这样
当你放下沉沉的事物
放下一段记忆
放下露水在草尖上的贪婪
当你沉寂，无语
天边只掠过一道闪电
世界的尽头再无其他消息
暮色停在唇上，语言离你而去

再无蓬勃可言

这些被我荒废了的时光
连黑暗中落下的雨都是瘦弱的
我不惧怕众鸟的欢唱带来一场霜降
我早已厌倦了阳光翻飞的尘土
即使海水的轰鸣都带有拉奥孔的痛楚

我频繁地使用隐喻，刻意地躲开死亡的话题
光阴怜悯地看着我
我已无法用深情拥抱粗糙的生活
话越来越少，日子越来越薄
那些用旧的时辰再无蓬勃可言

是的,荒谬

今夜的孤寂猛烈地啄击着黑暗
我看到辛波斯卡偏爱的荒谬

是的,荒谬。是什么让我在冷冷的雾中走得如此艰难

是什么让我在此时啜饮风霜
一窗风雨,一场寒

冥冥之中有什么在改变
今晚的月没有光,一堆灰云下

我像是一只失去知觉的甲虫
漫无目的地翻山越岭

一条长长的路上映着我悲凉的自画像
古老的月惨淡,悦尽,荒谬